金瓶梅詞話

萬曆本

七

第三十二回

李桂姐趨炎認女

聯經出版事業公司 景印版

潘金蓮懷嫉驚兒

第三十二回

李桂姐拜娘認女　應伯爵打渾趨時

常言富者貴之基　財旺生官衆所知
延攬宦途陪激引　夤緣權要入遷推
姻連黨惡人皆懼　勢倚豪强孰敢欺
好把炎炎思寂寂　豈容人力敵天時

話說當日衆官飲酒席散。西門慶還留吳大舅二舅。應伯爵。謝希大後坐。打發樂工等酒飯吃了。分付你每明日還來答應。一日。我請縣中四宅老爹吃酒。俱要齊備些些纔好。臨了等我一總賞你每罷。衆樂工道。小的每無不用心。明日多是官樣新衣服來答應。吃了酒飯。磕頭去了。良久李桂姐。吳銀兒搭着頭出來。

笑嘻嘻道。爹只怕晚了。轎子來了。俺每去罷。應伯爵道。我兒你倒且是自在。二位老爹在這裡。不說唱個曲兒與老舅聽。就要去罷。桂姐道。你不說這一聲兒。不當啞狗賣。俺每兩日沒往家里去。媽不知怎麽盼哩。伯爵道。盼怎的。玉黄李子兒。掐了一塊兒去了。西門慶道。也罷。教他兩個去罷。本等連日辛苦了。咱教李銘吳惠唱一回罷。問道。你吃了飯了。桂姐道。剛纔大娘房裡。留俺每吃了。于是齊揷燭磕頭下去。西門慶分付。你二位後日還來走走。再替我叫兩個。不拘鄭愛香兒也罷。韓金釧兒也罷。我請親朋吃酒。伯爵道。造化了小淫婦兒。教他叫。又討提錢使。桂姐道。你又不是架兒。你怎曉的恁切。說畢。笑的去了。伯爵因問哥後日請誰。西門慶道。那日請喬老。二位老舅。花大哥。沈姨

夫并會中列位兄弟歡樂一日伯爵道說不得俺每打攪的哥
忒多了到後日俺兩個還該早來與哥做副東西門慶道此是
二位下顧了說畢話李銘吳惠拏樂器上來唱了一套吳大舅
等衆人方一齊起身一宿晚景不題到次日西門慶請本縣四
宅官員先送過賀禮西門慶纔生兒那日薛内相來的早西門
慶請至捲棚内待茶薛内相因問劉家没送禮來西門慶道劉
老太監送過禮了良久薛内相要請出哥兒來看一看我與他
添壽西門慶推郤不得只得教玳安後邊說去抱哥兒出來不
一時養娘抱官哥送出到角門首玳安接到上面薛内相看見
只雇喝采好個哥哥便叫小厮在那里湏臾兩個青衣家人戟
金方盒拏了兩盒禮物烱紅官段一疋福壽康寧鍍金銀錢四

個追金瀝粉綵畫壽星博郎鼓兒一個銀八寶貳兩說道窮內
相沒什麼這些微禮兒與哥兒耍子西門慶作揖謝道多蒙老
公公費心看畢抱哥兒回房不題西門慶陪他吃了茶擡上八
仙卓來先擺飯就是十二碗嗄飯上新稻米飯剛纔吃罷忽門
上人來報四宅老爹到了西門慶慌整衣冠出二門迎接因是
知縣李達天并縣丞錢成主簿任廷貴典史夏恭基各先投拜
帖然後廳上叙禮薛內相方出見眾官讓薛內相居首席席間
又有尚舉人相接分賓坐定普坐遞了一巡茶少頃堦下鼓樂
响動笙歌擁奏遞酒上坐教坊呈上揭帖薛內相揀了四摺韓
湘子昇仙記又陳舞數回十分齊整薛內相心中大喜喚左右
拏兩弔錢出來賞賜樂工不說當日眾官飲酒至晚方散且說

李桂姐到家見西門慶做了提刑官與虔婆鋪謀定計次日買了盒菓餡餅兒一副豚蹄兩隻燒鴨兩瓶酒一雙女鞋教保兒挑着盒担絕早坐轎子先來要拜月娘做乾娘他做乾女兒進來先向月娘笑嘻嘻插燭也似拜了四雙八拜然後纔與他姑娘和西門慶磕頭把月娘哄的滿心歡喜說道前日受了你媽的重禮今日又教你費心買這許多禮來桂姐笑道媽說爹如今做了官比不的那咱常往裏邊走我情愿只做乾女兒罷圖親戚來往宅裡好走動慌的月娘連教他脫衣服坐收拾罷因問桂姐有吳銀姐和那兩個怎的還不來桂姐道吳銀兒我昨日會下他不知他怎的還不見來前日爹分付教我叫了鄭愛香兒和韓金釧兒我來時他轎子都在門首怕不也待來言未

了。只見銀兒和愛香兒。又與一個穿大紅紗衫年小的粉頭。提着衣裳包兒進門。先望月娘花枝招颭繡帶飄飄。磕了頭。吳銀兒看見李桂姐。脫了衣裳。坐在炕上。說道桂姐你好人兒。不等俺每等兒。就先來了。桂姐道我等你來。媽見我的轎子在門首。說道只怕銀姐先去了。你快去罷。誰知你每來的遲。月娘笑道也不遲。你每坐着多一拾兒里擺茶。因問這位姐兒上姓。吳銀兒道他是韓金釧兒的妹子。玉釧兒不一時小玉放卓兒擺了八碟茶食。兩碟點心。打發四個唱的吃了。那李桂姐賣弄他是月娘的乾女兒。坐在月娘炕上。和玉簫兩個剝菓仁兒。裝菓盒。吳銀兒。鄭香兒。韓釧兒。在下邊杌兒上一條邊坐的。那桂姐一徑抖搜精神。一回叫玉簫姐。累你。有茶倒一甌子來我吃。一回又叫小玉姐你有水盛些來我洗這手那小玉真個拏錫盆舀了水與他洗了手吳銀兒眾人都看他睜睜的不敢言語桂姐又道銀姐你三個拏樂器來唱個曲兒與娘聽我先唱過了月娘和李嬌兒對面坐着吳銀兒見他這般說只得取過樂器來當下鄭愛香兒彈唱吳銀兒琵琶韓玉釧兒在旁隨唱唱了一套八聲甘州花遮翠擁須臾唱畢放下樂器吳銀兒先問月娘爹今日請那幾位官家吃酒月娘道你爹今日請的都是親朋桂姐道今日沒有那兩位公公月娘道薛內相昨日只他一位在這里來那姓劉的沒來桂姐道劉公公還好那薛公公快頑把人掐擰的魂也沒了月娘道左右是個內官家又沒什麼隨他擺弄一回子就是了桂姐道娘且是說的好乞他奈何的人

慌。正說着。只見玳安兒進來取菓盒。見他四個在屋里坐着說道。客已到了一半。七八待上坐。你每還不快收拾上去。月娘便問前邊有誰來了。玳安道。喬大爹花大爹大舅二舅謝爹都來了。這一日了。桂姐問道。今日有應二花子。和祝麻子二人沒有。玳安道。會中十位。今日一個兒也不少。應二爹從辰時就來了。爹使他有勾當去了。便道就來也。桂姐道。爺樂。遭遭兒有這起攮刀子的。又不知纏到多早晚。我今日不出去。寧可在屋里唱與娘聽罷。玳安道。你倒且是自在性兒。拏出菓盒去了。桂姐道。娘還不知道。這祝麻子在酒席上。兩片子嘴不住。只聽見他說話。饒人那等罵着他。還不理他。和孫寡嘴。兩個好不涎臉。鄭愛香兒道。常和應二走的那祝麻子。他前日和張小二官兒到俺

那里拏着十兩銀子要請俺家妹子愛月兒俺媽說他纔教南
人梳弄了還不上一個月南人還沒起身我怎麽好留你說着
他再三不肯纏的媽急了把門倒插了不出來見他那張小官
兒好不有錢騎着大白馬四五箇小厮跟隨坐在俺每堂屋裡
只雇不去急得祝麻子直撅兒跳在天井內說道好歹請出媽
來收了這銀子只教月姐兒一見待一盃茶兒俺每就去把俺
每笑的要不的只想告水災的好箇涎臉的行貨子吳銀兒道
張小二官兒先包着董猫兒來鄭愛香道因把猫兒的虎口內
火燒了兩醮和他丁八着好一向了這日只散走哩因望着桂
姐道昨日我在門外庄子上收頭會見周肖兒多上覆你說前
日同聶鉞兒到你家你不在桂姐使了個眼色說道我來爹宅

里來他請了俺姐姐桂卿了鄭愛香兒道你和馮沒點兒相交
如何却打熱桂姐姐道好合的劉九兒把他當個孤老甚麼行貨
子可不砢磣殺我罷了他爲了事出來逢人至人說了來嗔我
不看他媽說你只在俺家俺倒買些什麼看看你不打緊你和
別人家打熱俺傻的不句了真是硝子石望着南兒丁口心說
着都一齊笑了月娘坐在炕上聽着他說你每說了這一日我
不懂不知說的是那家話按下這里不題却說前邊各客都到
齊了西門慶冠冕着遞酒衆人讓喬大戶爲首先與西門慶把
盞只見他三個唱的從後邊出來都頭上珠冠蹀躞身邊蘭麝
降香應伯爵一見戲道怎的三個零布在那里來攔住休放他
進來因問東家李家桂兒怎不來西門慶道我不知道初是鄭

愛香兒彈箏吳銀兒琵琶韓玉釧兒撥板啟朱唇露皓齒先唱
水仙子馬蹄金鑄就虎頭牌一套良久遞酒畢喬大戶坐首席
其次者吳大舅二舅花大哥沈姨夫應伯爵謝希大孫寡嘴祝
日念雲離守常時節白來搶傅自新賁地傳共十四人上席八
張卓兒西門慶下席主位說不盡歌喉宛轉舞態蹁躚酒若波
流肴如山疊到了那酒過數巡歌吟三套之間應伯爵就在席
上開言說道東家也不消教他每唱了翻來予過去左右只是
這兩套狗撾門的誰待聽你教大官兒拏三個座兒來教他與
列位遞酒倒還強似唱西門慶道且教他孝順席尊衆親兩套
詞兒着你這狗才就是這等搓席破坐的鄭愛香兒道應花子你
門背後放花子等不到晚了伯爵親自走下席來罵道怪小淫

婦兒什麼晚不晚你娘那毯教玳安過來你替他把刑法多拏了一手拉着一箇都拉到席上教他遞酒鄭愛香兒道怪行貨子拉的人手脚兒不着地伯爵道我實和你說小淫婦兒時光有限了不久青刀馬過遞了酒罷我等不的了謝希大便問怎麼是青刀馬伯爵道寒鴉兒過了就是青刀馬衆人都笑了當下吳銀兒遞喬大戶鄭愛香兒遞吳大舅韓玉釧兒遞吳二舅兩分頭挨次遞將來落後吳銀兒遞到應伯爵根前伯爵因問李家桂兒怎的不來吳銀兒道二爹你老人家還不知道李桂姐如今與大娘認義乾女兒我告訴二爹只放在心裡却說人弄心前日在爹宅裡散了都一答兒家去了都會下了明日早來我在家裡收拾了只雇等他誰知他安心早買了禮就先來

了倒教我等到這咱晚。使丫頭往你家瞧去。說你來了。好不教媽說我早時就與他姊妹兩個來了。你就拜認與爹娘做乾女兒。對我說了便怎的。莫不攙了你什麼分兒。瞞着人幹事。嗔道他頭里坐在大娘炕上就賣弄顯出他是娘的乾女兒。剝菓仁兒。定菓盒。拏東拏西。把俺每往下躧。我還不知道。倒是裡邊六娘剛纔悄悄對我說。他替大娘做了一雙鞋。買了一盒菓餡餅兒。兩隻鴨子。一副膀蹄。兩瓶酒。老早坐了轎子來。從頭至尾告訴一遍。伯爵聽了說道。他如今在這里不出來不打緊。我務要奈何那賊小淫婦兒出來。我對你說罷。他想必和他𢱋子計較了。見你大爹做了官。又掌着刑名。一者懼怕他勢要。二者恐進去稀了。假着認乾女兒往來。斷絕不了這門兒親。我猜的是不是我教與你個法兒。他認大娘做乾女。你到明日也買些禮來。
却認與六娘是乾女兒。就是了。你和他多還是過世你花爹一
條路上的人。各進其道。就是了。我說的是不是。你也不消惱他。
吳銀兒道。二爹說的是。我到家就對媽說。說畢。遞過酒去。就是
韓玉釧兒挨着來遞酒。伯爵道。韓玉姐起動起動。不消行禮罷。
你姐姐家裡做什麼哩。玉釧兒道。俺姐姐家中有人包着哩。好
些時沒出來供唱。伯爵道。我記的五月裡在你那里打攪了。再
沒見你姐姐。韓玉釧道。那日二爹怎的不肯深坐坐。老早就去
了。伯爵道。那日不是我還坐坐。內中有兩個人。還不合節。又是
你大老爹這里相招。我就先走了。韓玉釧兒見他吃過一盃。又
斟出一盃。伯爵道。罷罷。少斟些。我吃不得了。玉釧道。二爹你慢

慢上上過待我唱曲兒你聽伯爵道我的姐姐誰對你說來正
可着我心坎兒常言道養兒不要屙金溺銀只要見景生情倒
還是麗春院娃娃到明日不愁没飯吃强如鄭家那賊小淫婦
歪刺骨兒只躲滑兒再不肯唱鄭香兒道應二花子汗邪了你
好罵西門慶道你這狗才頭里嗔他唱這回又索落他伯爵道
這是頭里帳如今遞酒不教他唱個兒我有三錢銀子使的那
小淫婦兒推磨韓玉釧兒不免取過琵琶來席上唱了四個小
曲兒伯爵因問西門慶今日李桂兒怎的不教他出來西門慶
道他今日没來伯爵道我剛纔聽見後邊唱就替他說謊因使
玳安好歹後邊快叫他出來那玳安又不肯動說這應二爹錯
聽了後邊是女先生郁大姐彈唱與娘每聽來伯爵道賊小油

嘴還哄我住等我自家後邊去叫祝日念便向西門慶道哥也罷只請李桂姐來與列位老親遞盃酒來不教他唱也罷我曉的他今日人情來了西門慶被這起人纏不過只得使玳安往後邊請李桂姐去那李桂姐正在月娘上房彈着琵琶唱與大妗子楊姑娘潘姥姥衆人聽見玳安進來叫他便問誰使你來玳安道爹教我來請桂姨上去遞一巡酒桂姐道娘你爹韶刀頭里我說不出去又來叫我玳安道爹被衆人纏不過纔使進小的來月娘道也罷你出去遞巡酒兒快下來就了桂姐又問玳安真箇是你爹叫我便出去若是應二花子隨問他怎的叫我一世也不出去于是向月娘鏡臺前重新粧點打扮出來衆人看見他頭戴銀絲鬏髻周圍金纍絲釵梳珠翠堆滿上着藕

絲衣裳下着翠綾裙尖尖趫趫一對紅鴛粉面貼着三個翠面
花兒一陣異香噴鼻朝上席不當不正只磕了一個頭就用洒
金扇兒掩面佯羞整翠立在西門慶面前西門慶分付玳安放
錦杌兒在上席教他與喬大戶捧酒喬大戶到忙欠身道到不
消勞動還有列位尊親西門慶道先從你喬大爹起這桂姐于
是輕搖羅袖高捧金樽遞喬大戶酒伯爵在旁說道喬上尊你
請坐交他侍麗春院粉頭供唱遞酒是他的職分休要慣了他
喬大戶道二老此位姐兒乃是這大官府令翠在下怎敢起動
使我坐起不安伯爵道你老人家放心他如今不做表子了見
大人做了官情愿認做乾女兒了那桂姐便臉紅了說道汗邪
你了誰恁胡言謝希大道眞個有這等事俺每不曉的趂今日

衆位老爹在此一箇也不少每人五分銀子人情都送到哥這里來與哥慶慶乾女兒伯爵接過來道還是哥做了官好自古不怕官只怕管這回子連乾女兒也有了到明日酒上些水看出汁兒來被西門慶罵道你這賊狗才單管這閑事胡說伯爵道胡鐵倒打把好刀兒哩鄭愛香正遞沈姨夫酒插口道應二花子李桂姐便做了乾女兒你到明日與大爹做個乾兒子罷吊過來就是箇兒乾子伯爵罵道賊小淫婦兒你又少死得我不纏你念佛李桂姐道香姐你替我罵這花子兩句鄭愛香兒道不要理這望江南巴山虎兒汗東山斜紋布伯爵道你這小淫婦道你調子曰兒罵我我沒的說只是一味白鬼把你媽那褲帶子也扯斷了由他到明日不與你箇功德你也不怕不把

將軍爲神道。桂姐道。咱休惹他哥兒拏出急來了。鄭愛香笑道。
這應二花子。今日鬼酉上車兒推醜。東瓜花兒醜的沒時了。他
原來是箇王姑來子。伯爵道這小歪剌骨兒諸人不要。只我將
就罷了。桂姐罵道。怪攮刀子。好乾淨嘴兒。擺人的牙花巳攔了。
爹你還不打與他兩下子哩。你看他恁發訕。西門慶罵道。怪狗
才東西。教他遞酒。你鬥他怎的。走向席上。打了他一下。伯爵道
賊小淫婦兒。你說你倚着漢子勢兒。我怕你。你看他吽的爹那
甜。又道且休教他遞酒。倒便益了他。拏過刑法來。且教他唱一
套與俺每聽着。他後邊滑了。這會滑兒也勾了。韓玉釧兒道。二
爹。曹州兵備。管的事兒寬。這里前廳花橫錦簇。飲酒頑耍不題
單表潘金蓮自從李瓶兒生了孩子。見西門慶常在他房宿歇

于是常懷嫉妬之心。每蓄不平之意。知西門慶前廳擺酒。在鏡臺前巧畫雙蛾。重扶蟬髩。輕點朱唇。整衣出房。聽見李瓶兒房中孩兒啼哭。便走入來。問他媽媽原來不在屋裡。他怎這般哭妳子如意兒道。娘往後邊去了。哥哥尋娘。赶着這等哭。那潘金蓮笑嘻嘻的。向前戲弄那孩兒。說道。你這多少時。初生的小人芽兒。就知道你媽媽。等我抱的後邊尋你媽媽去。纔待解開衫兒。把這孩子。妳子如意兒就說。五娘休抱哥哥。只怕一時撒了尿在五娘身上。金蓮道。怪臭肉。怕怎的。拏襯兒托着他不妨事。一面接過官兒來。抱在懷裏。一直往後去了。走到儀門首。一逕把那孩兒。舉得高高的。不想吳月娘正在上房穿廊下。看着家人媳婦。定添換菜碟兒。李瓶兒與玉簫在房首。揀酥油蚫螺兒那潘金蓮笑嘻嘻看孩子說道大媽媽你做什麼哩你說小大官兒來尋俺媽媽來了月娘忽擡頭看見說道五姐你說的什麼話早是他媽媽沒在跟前這咱晚平白抱出他來做什麼舉的恁高只怕諕着他他媽媽在屋裡忙着手哩便叫道李大姐你出來你家兒子尋你來了那李瓶兒慌走出來看見金蓮抱着說道小大官兒好好兒在屋裏妳子抱着平白尋我怎的看溺了你五媽身上尿金蓮道他在屋裡好不哭着尋你我抱出他來走走這李瓶兒忙解開懷接過來月娘引鬬了一回分付好好抱進房裡去罷休要諕他李瓶兒到前邊便悄悄說妳子他哭你慢慢哄着他等我來如何教五娘抱着他到後邊尋我如意兒道我說來五娘再三要抱了去那李瓶兒慢慢看着他

喂了妳子。安頓他睡了。誰知睡下不多時。那孩子就有些〻睡夢中驚哭。半夜發寒潮熱起來。妳子喂他奶也不吃。只是哭。李瓶兒慌了。且說西門慶前邉席散。打發四個唱的出門。月娘與了李桂姐一套重綃絨金衣服。二兩銀子。不必細說。西門慶晚夕到李瓶兒房裡看孩兒。因見孩兒只雇哭。便問怎麼的。李瓶兒亦不題起金蓮抱他後邉去一節。只說道不知怎的睡了。起來這等哭。妳也不吃。西門慶道你好好拍他睡。因罵如意兒不好生看哥兒。管何事。諕了他。走過後邉對月娘說。月娘就知金蓮抱出來。諕了他。就一字沒得對西門慶說。只說我明日叫劉婆子看他看。西門慶道。休教那老淫婦來。胡鍼亂灸的。另請小兒科太醫來看孩兒。月娘不依他。說道一個剛滿月的孩子。什麼小兒科太醫到次日打發西門慶早往衙門中去了使小厮請了劉婆來看了說是着了驚與了他三錢銀子灌了他些藥兒那孩兒方纔得穩睡不洋奶了李瓶兒一塊石頭方落地正是

蒲懷心腹事盡在不言中畢竟未知後來如何且聽下回分解

第三十三回 陳敬濟失鑰罰唱

聯經出版事業公司 景印版

韓道國縱婦爭風

第三十三回

陳經濟失鑰罰唱　韓道國縱婦爭鋒

人生雖未有前知　富貴功名豈力爲
枉將財帛爲根蔕　豈容人力敵天時
世俗炎凉空過眼　塵紛離合漫忘機
君子行藏須用舍　不開眉笑待何如

話說西門慶衙門中來家。進門就問月娘。哥兒好些〻。使小厮請太醫去。月娘道我已叫劉婆子來了。見吃了他藥。孩子如今不洋奶。穩穩睡了這半日。覺好些〻了。西門慶道信那老淫婦胡針亂灸。還請小兒科太醫看纔好。旣好些〻了罷。若不好。拏到衙門裏去。拶與老淫婦一拶子。月娘道。你枉恁的口拔舌罵人。你家孩兒現吃了他藥好了。還憑舒着嘴子罵人。說畢。丫鬟擺上飯來。西門慶剛纔吃了飯。只見玳安兒來報應二爹來了。西門慶教小廝拏茶出去。請應二爹捲棚內坐。向月娘道。把剛纔我吃飯的菜蔬休動。教小廝拏飯出去。教姐夫陪他吃。我就來。月娘便問你昨日早辰使他往那里去。那咱纔來。西門慶便告說應二哥認的湖州一箇客人何官兒門外店里堆着五百兩絲線急等着要起身家去。來對我說。要拆些發脫。我只許他四百五十兩銀子。昨日使他同來保拏了兩錠大銀子作樣銀。已是有了來了。約下今日兌銀子去。我想來獅子街房子空開。打開門面兩開。倒好收拾開個絨線鋪子。搭個夥計。況來保已是鄆王府認納官錢。教他與夥計在那里。又看了房兒。又做了買賣。月娘道少不得又尋夥計。西門慶道應二哥說。他有一相識姓韓。原是絨線行。如今沒本錢閑在家里。說寫筭皆精。行止端正。再三保舉。改日領他來見我。寫立合同。說畢。西門慶在房中兌了四百五十兩銀子。教來保拏出來。陳經濟已是陪應伯爵。在捲棚內吃完飯。等的心裡火發。見銀子出來。心中歡喜。與西門慶唱了喏。說道。昨日打攪哥。到家晚了。今日再扒不起來。西門慶道。這銀子我兌了四百五十兩。教來保取搭連。眼同裝了。今日好日子。便雇車輛。搬了貨來。鎖在那邊房子里。就是了。伯爵道哥主張的有理。只怕蠻子停留長智。推進貨來。就完了帳。于是同來保騎頭口。打着銀子。逕到門外店中。成交易買賣。誰知伯爵背地與何官兒砸殺了。只四百二十兩銀子。打了三十兩背工對着來保當面只拏出九兩用銀來二人均分了雇了車腳即日推貨進城堆在獅子街空房內鎖了門來回西門慶話西門慶教應伯爵擇吉日領韓夥計來見其人五短身材三十年紀言談滾滾相貌堂堂滿面春風一團和氣西門慶即日與他寫立合同同來保領木錢雇人染絲在獅子街開張鋪面發賣各色絨絲一日也賣數十兩銀子不在話下光陰迅速日月如梭不覺八月十五日月娘生辰來到請堂客擺酒留下吳大妗子潘姥姥楊姑娘并兩箇姑子住兩日晚夕宣誦唱佛曲兒幕坐到二三更分歇那日西門慶因上房有吳大妗子在這里不方便走到前邊李瓶兒房中看官哥兒心裡要在李瓶兒房裡睡李瓶兒道孩子纔好些兒我心裡不耐煩往他五媽媽房裡

睡一夜罷西門慶笑道我不惹你于是走過金蓮這邊來那金
蓮聽見漢子進他房來如同拾了金寶一般連忙打發他潘姥
姥過李瓶兒這邊宿歇他便房中高點銀燈款伸錦被薰香澡
牝夜間陪西門慶同寢枕畔之情百般難述無非只要牢籠漢
子之心使他不往別人房裡去正是鼓鬣游蜂嫩蕋半勻春蕩
漾餐香粉蝶花房深宿夜風流李瓶兒見潘姥姥過來連忙讓
在炕上坐的教迎春安排酒席烙餅晚夕說話坐半夜纔睡到
次日與了潘姥姥一件葱白綾襖兒兩雙段子鞋面二百文錢
把婆子喜歡的屁滾尿流過這邊來拏與金蓮瞧說此是那邊
姐姐與我的金蓮見了反說他娘好恁小眼薄皮的什麽好的
拏了他的來潘姥姥道好姐姐人倒可憐見與我你却說這個

話。你肯與我一件兒穿。金蓮道。我比不得他有錢的姐姐。我穿的還沒有哩。拏什麽與你。你平白吃了人家的來。等住回。咱整理幾碟子來。篩上壺酒。拏過去還了他就是了。倒明日少不的教人硶言試語。我是聽不上。一面分付春梅定八碟菜蔬四盒菓子。一錫瓶酒。打聽西門慶不在家。教秋菊用方盒拏到李瓶兒房裡。說娘和姐姐過來。無事和六娘吃盃酒。李瓶兒道。又教你娘費心。少頃金蓮和潘姥姥來。三人坐定。把酒來斟。春梅侍立斟酒。娘兒每說話間。只見秋菊來叫春梅。說姐夫在那邊尋衣裳。教你去開外邊樓門哩。金蓮分付叫你姐夫尋了衣裳來這裡呵甌子酒去。不一時。經濟尋了幾家衣服。就往外走。春梅進來回說他不來。金蓮道。好歹拉了他來。又使出綉春去。把經濟請來。潘姥姥在炕上坐。小卓兒擺着菓菜兒。金蓮李瓶兒陪着吃酒。連忙唱了喏。金蓮說。我好意教你來吃酒兒。你怎的張致不來。就弔了造化了。撇了個嘴兒。教春梅斝寬盃兒來。篩與你姐夫吃。經濟把尋的衣服。放到炕上坐下。春梅做定科範。取了箇茶甌子。流沿邊斟上。遞與他。慌的經濟說道。五娘賜我寕可吃兩小鍾兒罷。外邊舖子裡。許多人等着要衣裳。金蓮道。教他等着去。我偏教你吃這一大鍾。那小鍾子刁刁的不耐煩。潘姥姥道。只教哥哥吃這一鍾罷。只怕他買賣事忙。金蓮道。你信他有什麽忙。吃好少酒兒。金漆桶子。吃到第二道箍上。那經濟笑着。斝酒來。剛呷了兩口。潘姥姥叫春梅姐姐。你斝筯兒與哥哥。教他吃寡酒。春梅也不斝筯。故意毆他。向攢盒內。取了兩個核桃。遞與他那經濟接過來道。你敢笑話我就禁不開他。于是放在牙上只一磕咬碎了下酒。潘姥姥道。還是小後生家。好口牙相。老身東西兒硬些。就吃不得。經濟道兒子世上有兩庄兒鵞卵石。牛騎角。吃不得罷了。金蓮見他吃了那鍾酒。教春梅再斟上一鍾兒。說頭一鍾。是我的了。你姥姥和六娘不是人麼。也不教你吃多只吃三甌子。饒了你罷經濟道。五娘可憐見兒子來眞吃不得了。此這一鍾。恐怕臉紅。惹爹見怪。金蓮道。你也怕你爹。我說你不怕他。你爹今日往那里吃酒去了。經濟道。後晌往吳驛丞家吃酒。如今在對過喬大戶房子里。看收拾哩。金蓮問喬大戶家。昨日搬了去。咱今日怎不與他送茶。經濟道今早送茶去了。李瓶兒問他家搬到那里住去了。經濟道。他在東大街上使了一千二百銀子買了所好不大的房子與咱家房子差不多兒門面七間到底五層說話之間經濟揑着鼻子又挨了一鍾趂金蓮眼錯得手拏着衣服往外一溜烟跑了迎春便道娘你看姐夫忘記鑰匙去了那金蓮取過來坐在身底下向李瓶兒道等他來尋你每且不要說等我柰何他一回兒纔與他潘姥姥道姐姐與他便了又柰何他怎的那經濟走到舖子裡袖內摸摸不見鑰匙一直走到李瓶兒房里尋金蓮道誰見你什麽鑰匙你拏鑰匙管着什麽來放在那裡就不知道春梅道只怕你鎖在樓上了頭里我沒見你拏來經濟道我記的帶出來金蓮道小孩兒家屁股大敢弔了心又不知家裡外頭什麽人扯落的你恁有魂沒識心不在肝上經濟道有人來贖衣

裳可怎的樣趂爹不過來少不得叫個小爐匠來開樓門纔知有沒那李瓶兒忍不住只雇笑經濟道六娘拾了與了我罷金蓮道也沒見這李大姐不知和他笑什麽恰似俺每拏了他的一般急得經濟只是油回磨轉轉眼看見金蓮身底下露出鑰匙帶兒來說道這不是鑰匙纔待用手去取被金蓮褪在袖內不與他說道你的鑰匙兒怎落在我手裡急得那小夥兒只是殺雞扯膝金蓮道只說你會唱的好曲兒倒在外邊鋪子里唱與小廝聽怎的不唱個兒我聽今日趂着你姥姥和六娘在這裡只揀眼生好的唱四個兒我就與你這鑰匙不然隨你就跳上白塔我也沒有經濟道這五娘就勒掯出人痞來誰對你老人家說我會唱的兒金蓮道你還搗鬼南京沈萬三北京枯樹

人的名兒樹影兒那小厮兒吃他柰何不過說道死不了人等我唱我肚子裏使心柱肝要一百個也有金蓮罵道說嘴的短命自把各人面前酒斟上金蓮道你再吃一盃蓋着臉兒好唱經濟道我唱了慢慢吃我唱菓子花兒名山坡羊兒你聽

初相交在桃園兒裡結義相交下來把你到玉黃李子兒擡舉人人說你在青翠花家飲酒氣的我把頻波臉兒樞的紛紛的碎我把你賊你學了虎刺賓了外實裏虛氣的我李子眼兒珠淚垂我使的一對桃奴兒尋你見你在軟棗兒樹下就和我別離了去氣的我鶴頂紅剪一柳青絲兒來呵你海東紅反說我理虧罵了句牛心紅的强賊逼的我急了我在吊枝乾兒上尋個無常到三秋我看你倚靠着誰　又

我聽見金雀兒花眼前高哨撒的我鵞毛菊在斑竹簾兒下喬叶多虧了二位靈鵲兒報喜我說是誰來不想是望江南兒來到我在水紅花兒下梳粧未了狗奶子花迎着門子去咬我暗使着迎春花兒遶到處尋你手搭伏薔薇花口吐丁香把我玉簪兒來叶紅娘子花兒慢慢把你接進房中來呵同在碧桃花下鬭了回百草得了手我把金盞兒花丟了曾在轉枝蓮下纏勾你幾遭叶了你聲嬌滴滴石榴花兒你試被九花丫頭傳與十姊妹什麼張致可不交人家笑話又了

唱畢就問金蓮要鑰匙說道五娘快與了我罷數計鋪子裡不知怎的等着我哩只怕一時爹過來金蓮道你倒自在性兒說的且是輕巧等你爹問我就說你不知在那里吃了酒把鑰匙

不見了。走來俺屋裡尋。經濟道。爺嚛。五娘就是弄人的劊子手。李瓶兒和潘姥姥。再三傍邊說道。姐姐與他去罷。金蓮道。若不是姥姥和你六娘勸我。定罰教你唱到天晚頭里騙嘴說一百個。二百個。纔唱兩個曲兒就要騰翅子。我手裡放你不過。經濟道。我還有兩個兒看家的。是銀錢名山坡羊。亦發孝順你老人家罷。于是頓開喉音唱道。

寃家你不來白悶我一月。閃的人反拍着外膛兒細絲諒不徹。我使獅子頭定兒小廝。拏着黃票兒請你。你在兵部窪兒里。元寶兒家歡娛過夜。我陪銅磬兒家。私爲焦心。一旦兒棄捨。我把如同印籍兒印在心里。愁無救解。叫着你把那挺臉兒高揚着不理。空教我撥着雙火同兒頓着罐子。等到你更

深半夜氣的奴花銀竹葉臉兒咬定銀牙來呵喚官銀頂上
了我房門隨那潑臉兒寬家乾敲兒不理罵了句煎徹了的
三領兒搗槽斜賊空把奴一腔子爊汁兒真心倒與你只當
做熱血

又

姐姐你在開元兒家我和你燃香說誓我拏着祥道祥元好
黃邉錢也在你家行三坐四誰知你將香爐拆爪哄我受不
盡你家虔婆鵝眼兒閑氣你榆葉兒身輕筆管兒心虛姐姐
你好似古祿錢身子小眼兒大無在兒可取自好被那一條
棍滑鏝兒油嘴把你戲耍脫的你光屁股把你綫邉火漆打
硌硌跌濶兒無所不爲來呵到明日只弄的倒四顛三一箇
黑沙也是不值呀了聲二與兒姐姐你識聽知可惜我黃鄧

鄧的金背。配你這錠難兒一臉褶子。
經濟唱畢，金蓮纔待叫春梅，斟酒與他，忽有吳月娘從後邊來，見妳子如意兒，抱着官哥兒在房門首石臺基上坐，便說道，孩子纔好些，你這狗肉，又抱他在風裡，還不抱進去。金蓮問是誰說話，綉春回道，大娘來了。經濟慌的拏鑰匙往外走不迭。衆人都下來迎接月娘，月娘便問，陳姐夫在這里做什麼來。金蓮道，李大姐整治些菜，請俺娘坐坐，陳姐夫尋衣服，叫他進來吃一盃，姐姐你請坐，好甜酒兒，你吃一盃。月娘道，我不吃，後邊他大妗子和楊姑娘要家去，我又記掛着這孩子，逕來看看。李大姐你也不管，又教妳子抱他在風裡坐的。前日劉婆子說他是驚寒，你還不好生看他。李瓶兒道，俺每陪着他姥姥吃酒，誰知賊

臭肉三不知抱他出去了。月娘坐了半歇回後邊去了。一回使
小玉來請姥姥和五娘六娘後邊坐那潘金蓮和李瓶兒勻了
臉同潘姥姥往後來陪大妗子楊姑娘吃酒到日落時分與月
娘送出大門上轎去了都在門裡站立先是孟玉樓說道大姐
姐今日他爹不在往吳驛丞家吃酒去了咱到好往對門喬大
戶家房裡瞧瞧月娘問看門的平安兒誰拏着那邊鑰匙平
安道娘每要過去瞧開着門哩來興哥看着兩個坌工的在那
里做活月娘分付你教他躲開等俺每瞧瞧去平安兒道娘每
只顧瞧不妨事他每都在第四層大空房攢灰篩土哩出來就
是了當下月娘李嬌兒孟玉樓潘金蓮李瓶兒都用轎子短搬
兩個坌工躲過房子內進了儀門就是三間廳第二層是樓月

娘要上樓去。可是作怪。剛上到樓梯中間。不料梯磴陡趄。只聞
月娘哎了一聲。滑下一隻脚來。早是月娘攀住樓梯兩邊欄杆。
慌了玉樓。便道。姐姐怎的。連忙攙住他一隻胳膊。不曾打下來。
月娘乞了一驚。就不上去。衆人扶了下來。諕的臉蠟查兒黃了。
玉樓便問。姐姐怎麽上來。尖了脚。不曾蹅着那里。月娘道。跌倒
不曾跌着。只是扭了腰子。諕的我心跳在口裡。樓梯子趄。我只
當咱家裏樓上來。滑了脚。早是攀住欄杆。不然怎了。李嬌兒道。
你又身上不方便。早知不上樓也罷了。于是衆姊妹相伴月娘
回家。剛到家。叫的應。就肚中疼痛。月娘忍不過。趂西門慶不在
家。使小厮叫了劉婆子來。看。婆子道。你已是去經事來。着傷多
是成不的了。月娘道。便是五個多月了。上樓着了扭。婆子道。你

吃了我這藥安不住下來罷了月娘道下來罷婆子于是留了兩服大黑丸子藥教月娘用艾酒吃那消半夜弔下來了在馬桶內點燈撥看原來是個男胎已成形了正是胚胎未能全性命真靈先到杳冥天幸得那日西門慶來到沒曾在上房睡在玉樓房中歇了到次日玉樓早辰到上房問月娘身子如何月娘告訴半夜果然存不住落下來了倒是小廝兒玉樓道可惜了的他爹不知道月娘道他爹吃酒來家到我屋里纔得脫衣裳我說你往他每屋里去罷我心裡不自在他纔往你這邊來了我沒對他說我如今肚裡還有些隱隱的疼玉樓道只怕還有些餘血未盡篩酒吃些鍋臍灰兒就好了又道姐姐你還計較兩日兒且在屋裡不可出去小產比大產還難調理只怕掉

了風寒難爲你的身子月娘道你没的說倒没的倡揚的一地
里知道平白噪剌剌的抱什麽空窩惹的人動的脣齒以此就
没教西門慶知道此事表過不題且說西門慶新搭的開絨線
鋪夥計也不是守本分的人姓韓名道國字希堯乃是破落戶
韓光頭的兒子如今跌落下來替了大爺的差使亦在鄆王府
做校尉見在縣東街牛皮小巷居住其人性本虛飄言過其實
巧于詞色善于言談許人錢如捉影捕風騙人財如探囊取物
因此街上人見他是服說謊順口叫他做韓道國自從西門慶
家做了買賣手裡財帛從容新做了幾件虼䖴皮在街上虛飄
說詐擺着肩膊兒就搖擺起來人見了不叫他個韓希堯只叫
他做韓一搖他渾家乃是宰牲口王屠妹子排行六姐生的長

挑身材瓜子面皮紫膛色約二十八九年紀身上有個女孩兒嫡親三口兒度日他兒弟韓二名二搗鬼是個要手的搗子在外另住舊與這婦人有姦要使赶韓道國不在家鋪中上宿他便時常走來與婦人吃酒到晚夕刮涎就不去了不想街坊有幾個浮浪子弟見婦人搽脂抹粉打扮喬模喬樣常在門首跕立睃人人畧鬬他鬬兒又臭又硬就張致罵人因此街坊這些小夥子兒心中有幾分不憤暗暗三兩成羣背地講論看他背地與什麼人有首尾那消半個月打聽出與他小叔韓二這件事來原韓道國在牛皮小巷住着門面三間房裡兩邊都是隣舍後門通水塘這夥人單看韓二進去或倩老嫗灑堂或夜晚扒在墻上看覷或白日裡暗使小猴子在後堂推道捉蝨兒罩

等捉姦不想那日二搗鬼打聽他哥不在大白日裝酒和婦人吃醉了倒插了門在房裡幹事不防衆人睃見蹤跡小猴子扒過來把後門開了衆人一齊進去撥開房門韓二奪門就走被一少年一拳打倒拏住老婆還在炕上慌穿衣不迭一人進去先把褲子撾在手裡都一條繩子拴出來須臾圍了一門首人跟到牛皮街廂鋪里就烘動了那一條街巷這一個來問那一個來瞧都說韓道國婦人與小叔犯姦內中見男婦二人拴做一處便問左右跕的人此是爲什麼事的旁邊有多口的道你老人家不知此是小叔姦嫂子的那老者點了點頭兒說道可傷原來小叔兒要嫂子的到官叔嫂通姦兩個都是絞罪那旁多口的認的他有名叫做陶扒灰一連娶三個媳婦都吃他扒

了。因此捕卩說道。你老人家。深通條律。相這小叔養嫂子的。便是絞罪。若是公公養媳婦的。却論什麼罪。那老者見不是話。低着頭。一聲兒沒言語走了。正是各人自掃簷前雪。莫管他家屋上霜。這里二搗鬼與婦人被捉不題。单表那日韓道國。舖子里不該上宿。來家早。八月中旬天氣。身上穿着一套兒輕紗軟絹衣服。新盔的一頂帽兒。細網巾圈。玄色段子履鞋。清水絨襪兒。搖着扇兒。在街上潤行大步。搖擺走着。但遇着人。或坐或立。卩若懸河。滔滔不絕。就是一回。內中遇着他兩個相熟的人。一個是開紙舖的張二哥。一個是開銀舖的白四哥。慌作揖舉手。張好問便道。韓老兄連日少見。聞得恭喜在西門大官府上開寶舖做買賣。我等缺禮失賀。休怪休怪。一面讓他坐下。那韓道國。

坐在欖上把臉兒揚着手中搓着扇兒說道學生不才仗賴列
位餘光在我恩主西門大官人做夥計三七分錢掌巨萬之財
督數處之鋪甚蒙敬重比他人不同有謝汝謊道聞老兒在他
門下做只做線鋪生意韓道國笑道二一兒不知線鋪生意只是
名目而已今他府上大小買賣出入貲本那些二兒不是學生筭
帳言聽計從禍福共知通沒我一時兒也成不得初大官人每
日衙門中來家擺飯常請去陪侍沒我便吃不下飯去俺兩個
在他小書房裡閑中吃菓子說話兒常坐半夜他方進後邊去
昨日他家大夫人生日房下坐轎子行人情他夫人留飲至二
更方回彼此通家再無忌憚不可對兄說就是背地他房中話
兒也常和學生計較學生先一個行止端莊立心不苟與財主

興利除害拯溺救焚凡百財上分明取之有道就是傳自新也
怕我幾分不是我自已誇獎大官人正喜我這一件見剛說在
鬧熱處忽見一人慌慌張張走向前叫道韓大哥你還在這裡
說什麼教我舖子裡尋你不着拉到僻靜處告他說你家中如
此如此這般這般大嫂和二哥被街坊衆人撮弄兒拴到舖裡
明早要解縣見官去你還不早尋人情理會此事這韓道國聽
了大驚失色口中只咂嘴下邊頓足就要翅趍走被張好問叫
道韓老兄你話還未盡如何就去了這韓道國舉手道學生家
有小事不及奉陪慌忙而去正是誰人挽得西江水難洗今朝
一面羞畢竟未知後來何如且聽下回分解

第三十四回　獻芳樽內室乞恩

金瓶梅

受私賄後庭說事

第三十四回

書童兒因寵攬事　平安兒含恨戳舌

自恃官豪放意爲　休將喜怒作公私
貪財不顧綱常壞　好色全忘義理虧
狎客盜名求勢利　狂奴乘飲弄奸欺
欲占後世興衰理　今日施爲可類知

話說韓道國走到家門首打聽，見渾家和他兄弟韓二拴在鋪中去了，急急走來獅子街鋪子內，和來保計議，來保說：你還早央應二叔來，對當家的說了，拏個帖兒對縣中李老爹一說，不論多大事情都了了。這韓道國竟到應伯爵家，他娘子兒使丫頭出來回：沒人在家，不知往那里去了，只怕在西門大老爹家韓道國道沒在宅裡問應寶也跟出去了韓道國慌了往构欄院里抓尋原來伯爵被湖州何蠻子的兄弟何二蠻子號叫何兩峯請在四條巷內何金蟾兒家吃酒被韓道國抓着了請出來伯爵吃的臉紅紅的帽簷上插着剔牙杖兒韓道國唱了喏拉到僻靜處如此這般告他說伯爵道既有此事我少不得陪你去于是作辭了何兩峯與道國先同到的問了端的道國央及道只望二叔往大官府宅裡說說討個帖兒只怕明早解縣上去轉與李老爹案下求青目一二只不教你姪婦見官事畢重謝二叔磕頭就是了說着跪在地下伯爵用手拉起來說道賢契這些事兒我不替你處你取張帋兒寫了個說帖兒我如今同你到大官府裡對他說把一切閑話多丟開你只說我常

不在家被街坊這夥光棍時常打磚掠瓦欺負娘子衆人稱你
兄弟韓二氣忿不過和他嚷亂反被這夥人羣住揪採在地亂
行踢打同拴在鋪裏望大官府討個帖兒對李老爹說只不教
你令正出官管情見個分上就是了那韓道國取筆硯連忙寫
了說帖安放袖中伯爵領他逕到西門慶門首問守門的平安兒爹
在家平安道爹在花園書房裡二爹和韓大叔請進去那應伯
爵狗也不咬走熟了的同韓道國進入儀門轉過大廳由鹿頂
鑽山進去就是花園角門抹過木香棚兩邊松墻松墻裏面三
間小捲棚名喚翡翠軒乃西門慶夏月納凉之所前後簾櫳掩
映四面花竹陰森周圍擺設珍禽異獸瑤草琪花各極其盛裏
面一明兩暗書房有畫童兒小廝在那里掃地說應二爹和韓

大叔來了。二人掀開簾子。進入明間內。只見書童在書房裡。看
見應二爹。和韓大叔。便道請坐。俺爹剛纔進後邊去了。一面使
畫童兒請去。伯爵見上下。放着六把雲南瑪瑙漆減金釘藤絲
甸矮矮東坡椅兒。兩邊掛四軸天青衢花綾裱白綾邊名人的
山水。一邊一張螳螂蜻蜓脚一封書大理石心壁畫的帮卓兒
卓兒上安放古銅爐流金仙鶴。正面懸着翡翠軒三字。左右粉
箋吊屏上寫着一聯。風靜槐陰清院宇。日長香篆散簾櫳伯爵
于是正面椅上坐了。韓道國拉過一張椅子打橫。畫童後邊請
西門慶去了。良久。伯爵走到裏邊書房內。裏面地平上安着一
張大理石黑漆縷金涼床。掛着青紗帳幔。兩邊綵漆描金書廚。
盛的都是送禮的書帕尺頭几席文具。書籍堆滿。綠紗窗下。安

放一隻黑漆琴桌。獨獨放着一張螺𨭉交椅、書篋內。都是往來
書柬拜帖。并送中秋禮物帳簿。應伯爵取過一本揭開觀開。上
面寫着蔡老爺。蔡大爺。朱太尉。童太尉。中書蔡四老爹。都尉蔡
五老爹。并本處知縣知府四宅。第二本。是周守備夏提刑、荊都
監。張團練。并劉薛二內相。都是金段尺頭。猪酒金餅。鮮魚海鮓。
雞鵝大禮。各有輕重不同。這裡二人等候不題。且說畫童兒走
到後邊金蓮房內。問春梅姐。爹在這裡。春梅罵道。賊見鬼小奴
才兒。爹在間壁六娘房裡。不是。巴巴的跑來這里問。畫童便走
過這邊。只見綉春在石臺基上坐的。悄悄問爹在房裡麽。二爹
和韓大叔來了。在書房裡請爹說話。綉春道。爹在房裡看着娘
與哥裁衣服哩。原來西門慶拏出兩疋尺頭來。一疋大紅紵絲。

一疋鸚哥綠潞紬。教李瓶兒替官哥裁毛衫兒披襖背心兒護頂之類。在洒金炕上。正鋪着大紅氊條。妳子抱着哥兒在旁邊迎春執着熨斗。只見綉春進來。悄悄拉迎春一把。迎春道你拉我怎麽的。拉撒了。這火落在氊條上。李瓶兒便問你平白拉他怎的。綉春道畫童說應二爹來了。請爹說話。李瓶兒道。小奴才見應二爹來。你進來說就是了。巴巴的扯他。西門慶分付畫童請二爹坐坐。我就來。于是看裁完了衣服。便衣出來。書房內見伯爵二人作揖坐下。韓道國打横。西門慶喚畫童取茶來。不一時。銀匙雕漆茶鍾。蜜餞金澄泡茶。吃了。收了盞托去。伯爵就開言說道。韓大哥。你有甚話。對你大官府說。西門慶道。你有甚話說來。韓道國。纔待說街坊有夥不知姓名棍徒。被應伯爵攔住便道賢侄。你不是這等說了。喒着骨禿露着肉。也不是事。對着你家大官府在這里。越發打開後門說了罷。韓大哥常在鋪子里上宿。家下沒人。止是他娘子兒一人。還有箇孩兒左右街坊。有幾個不三不四的人。見無人在家。時常打磚掠瓦。鬼混欺負的急了。他令弟韓二哥。看不過。來家聲罵了幾句。被這起光棍不由分說。羣住打了個臭死。如今都拴在鋪裏。明早解廂往本縣正宅。往李大人那里去。見他哭哭啼啼。敬央煩我來對哥說討個帖兒。差人對李大人說說。青目一二。有了。他令弟也是一般。只不要他令正出官就是了。因說。你把那說帖兒拏出來與你大官人瞧。好差人替你去。韓道國便向袖中取去。連忙雙膝跪下。說道小人忝在老爹門下。萬乞老爹看應二叔分上。俯就一二。舉家没齒難忘。慌的西門慶一把手拉起。說道你請起來。于是觀看帖兒上面寫着犯婦王氏。乞青目免提。西門慶道這帖子不是這等寫了。只有你令弟韓二一人就是了。向伯爵道。比時我拏帖對縣裏說。只分付地方。改了報单。明日帶來我衙門里來發落。就是了。伯爵教韓大哥你還與大老爹下個禮兒這等亦發好了。那韓道國。又倒身磕頭下去。西門慶教玳安你外邊快叫個答應的班頭來。不一時。叫了個穿青衣的節級來。在旁邊伺候。西門慶叫近前分付。你去牛皮街韓夥計住處。問是那牌那鋪地方。對那保甲說。就稱是我的鈞語。分付把王氏即時與我放了。查出那幾個光棍名字來。改了報帖。明日早解提刑院。我衙門里聽審。那節級應諾。領了言語出門。伯爵道韓

大哥你即一同跟了他幹你的事去罷我還和大官人說句話
那韓道國千恩萬謝出門與節級同往牛皮街分付去了西門
慶陪伯爵在翡翠軒坐下因令玳安放卓兒後邊對你大娘說
昨日磚廠劉公公送的木樨荷花酒打開篩了來我和應二叔
吃就把糟鰣魚蒸了來伯爵舉手道我還沒謝的哥昨日蒙哥
送了那兩尾好鰣魚與我送了一尾與家兄去剩下一尾對房
下說拏刀兒劈開送了一段與小女餘者打成窄窄的塊兒拏
他原舊紅糟兒培着再攪些香油安放在一個磁罐內留着我
一早一晚吃飯兒或遇有個人客兒來蒸恁一碟兒上去也不
枉辜負了哥的盛情西門慶告訴劉太監的兄弟劉百戶因在
河下管蘆葦場撰了幾兩銀子新買了一所庄子在五里店拏

皇木蓋房。近日被我衙門裡辦事。依着夏龍溪饒了他一百兩銀子。還要動本參送申行省院。劉太監慌了。親自拏着一百兩銀子。到我這里。再三央及。只要事了。不瞞說。咱家做着些薄生意了。料着也過了日。那裡希罕他這樣錢。況劉太監平日與我相交。時常受他些禮。今日因這些事情。就又薄了面皮。教我絲毫沒受他的。只教他相房屋邊連夜拆了。到衙門裡。只打了他家人劉三二十。就發落開了。事畢。劉太監感不過我這些情。宰了一口猪。送我一罈自造荷花酒。兩包糟鰣魚。重四十斤。又兩疋粧花織金段子。親自來謝。彼此有光。見箇情分。錢恁自中使

伯爵道。哥。你是希罕這個錢的。夏大人。他出身行伍。起根立地上沒有。他不撾些兒。拏甚過日。哥。你自從到任以來。也和他問

了幾樁事兒西門慶道大小也問了幾件公事別的倒也罷了只吃了他貪濫蹹婪的有事不問青水皂白得了錢在手裡就放了成什麼道理我便再三扭着不肯你我雖是個武職官兒掌着這刑條還放些體面纔好說未了酒菜齊至先放了四碟菓然後又放了四碟案鮮紅鄧鄧的泰州鴨蛋曲灣灣王瓜拌遼東金蝦香噴噴油煠的燒骨禿肥肥乾蒸的劈晒雞第二道又是四碗嗄飯一甌兒濾蒸的燒鴨一甌兒水晶膀蹄一甌兒白煠猪肉一甌兒炮炒的腰子落後纔是裏外青花白地磁盤盛着一盤紅馥馥柳蒸的糟鰣魚馨香美味入口而化骨刺皆香西門慶將小金菊花盃斟荷花酒陪伯爵吃不說兩個說話兒坐更餘方散且說那夥人見青衣節級下地方把婦人王

氏放回家去。又拘捴甲。查了各人名字。明早解提刑院問理。都各人面面相覷。就知韓道國是西門慶家夥計。尋的本家攬子。只落下韓二一人在鋪裡。都說這事弄的不好了。這韓道國又送了節級五錢銀子。登時問保甲查寫了那幾個名字。送到西門慶宅內。單等次日早解過一日。西門慶與夏提刑兩位官到衙門裡坐廳。該地方保甲帶上人去。頭一起就是韓二。跪在頭里。夏提刑先看報單。牛皮街一牌四鋪總甲蕭成。為地方喧鬧事。第一個就叫韓二。第二個車淡。第三個管世寬。第四個游守。第五個郝賢。都叫過花名去。然後問韓二為什麼起來。那韓二先告道小的哥。是買賣人常不在家去的。小男幼女。被街坊這幾個光棍。要便彈打胡博詞扠兒。坐在門首。胡歌野調。夜晚打磚百般欺負。小的在外另住，來哥家看視，含忍不過，罵了幾句。
被這夥羣虎棍徒不由分說，楸倒在地，亂行踢打，獲在老爺案
下。望老爺查情。夏提刑便問你怎麽說，那夥人一齊告道：老爺
休信他巧對。他是耍錢的搗鬼。他哥不在家，和他嫂子王氏有
姦。王氏平日倚逞刁潑，毀罵街坊。昨日被小的每捉住，見有底
衣爲證。夏提刑因問保甲蕭成：那王氏怎的不見？蕭成怎的好
囘節級放了，只說王氏脚小，路上走不動，便來。那韓二在下邊
兩隻眼只看着西門慶。良久，西門慶欠身望夏提刑道：長官也
不消要這王氏，想必王氏有些姿色，這光棍因調戲他不遂，捏
成這個圈套。因叫那爲首的車淡上去，問道：你在那里捉住那
韓二來。衆人道：昨日在他屋裏捉來。又問韓二：王氏是你什麽

人保甲道是他嫂子兒又問保甲這夥人打那里進他屋裡保甲道越墻進去西門慶大怒罵道我把你這起光棍他既是小叔王氏也是有服之親莫不不許上門行走相你這起光棍你是他什麽人如何敢越墻進去況他家男子不在又有幼女在房中非姦即盜了喝令左右拏夾棍來每人一夾二十大棍打的皮開肉綻鮮血迸流況四五個都是少年子弟出娘胞胎未經刑杖一個個打的號哭動天呻吟滿地這西門慶也不等夏提刑開口分付韓二出去聽候把四個都與我收監不日取供送問四人到監中都互相抱怨個個都懷鬼胎監中人都嚇詐他你四個若送問都是徒罪到了外府州縣皆是死數這些人慌了等的家下人來送飯稍信出去教各人父兄使錢上下尋

人情。內中有拏人情。央及夏提刑。說這王氏的丈夫。是你西門
老爹門下的夥計。他在中間扭着要送問同僚上。我又不好處
得。你須還尋人情。和他說去。纔好出來。也有央吳大舅出來的
說。人都知西門慶家。有錢不敢來打點。四家父兄都慌了。會在
一處。內中一箇說道。也不消再央吳千戶。他也不依。我聞得人
說東街上住的開紬絹鋪。應大哥兄弟應二。和他契厚。咱不如
每人拏出幾兩銀子。湊了幾十兩銀子。封與應二。教他過去。替
咱每說說。管情極好。于是車淡的父兄開酒店的車老兒爲首。
每人拏十兩銀子來。共湊了四十兩銀子。齊到應伯爵家。央他
對西門慶說。伯爵收下。打發衆人去了。他娘子見便說。你既替
韓夥計出力。擺布這起人。如何又攬下這銀子。反替他說。反便

不惹韓夥計怪伯爵道我可知不好說的我如今如此這般拏十五兩銀子去悄悄進與他管書房的書童兒教他取巧說這椿事你不知他爹大小事兒甚是托他專信他說話管情一箭就上垛于是把銀子兌了十五兩包放袖中早到西門慶家西門慶還未回來伯爵進入廳上只見書童正從西廂房書房內出來頭帶瓦楞帽兒札着玄色段子總角兒撇着金頭蓮瓣簪子身上穿着蘇州絹直裰玉色紗旋兒涼鞋淨襪說道二爹請客位內坐交畫童兒後邊拏茶去說道小廝我使你拏茶與應二爹你不動且耍子兒等爹來家看我說不說那小廝就拏茶去了伯爵便問你看衙門里還沒來家書童道剛纔荅應的來說爹衙門散了和夏老爹門外拜客去了二爹有甚說話伯爵

道沒甚話。書童道二爹前日說的。韓夥計那事。爹昨日到衙門
裡。把那夥人都打了收監明日做文書。還要送問他伯爵拉他
到僻靜處。和他說。如今又一件。那夥人家屬。如此這般聽見要
送問。多害怕了。昨日晚夕到我家。哭哭啼啼。再三跪着央及我
教對你爹說。我想已是替韓夥計說在先。怎又好管他的。惹的
韓夥計不怪。沒奈何。教他四家。處了這十五兩銀子。看你巧取
對你爹說。看怎麼。將就饒他放了罷。因向袖中取出銀子來遞
與書童。書童打開看了。大小四錠。零四塊。說道既是應二爹分
上。交他再拏五兩來。待小的替他說。還不知爹肯不肯。昨日吳
大舅親自來。和爹說了。爹不依。小的虼螂臉兒好大面皮兒實
對二爹說。小的這銀子。不獨自一個使。還破些鈔兒。轉達知俺

生哥的六娘。這個灣兒。替他說。纔了他此事。伯爵道。既如此等我和他說。你好歹替他上心些。他後晌些來討回話。書童道。爹不知多早來家。你教他明日早來罷。說畢。伯爵去了。這書童把銀子拏到鋪子。劉下一兩五錢來。教買了一罈金華酒。兩隻燒鴨。兩隻雞。一錢銀子鮮魚。一肘蹄子。二錢頂皮酥菓餡餅兒。一錢銀子的搽穰捲兒。把下飯送到來興兒屋裏。央及他媳婦惠秀。替他整理。安排端正。那一日不想潘金蓮不在家。從早間坐轎子。往門外潘姥姥家做生日了。書童使畫童兒。用方盒把下飯先拏在李瓶兒房中。然後又提了一罈金華酒進去。李瓶兒便問是那里的。畫童道。是書童哥送來孝順娘的。李瓶兒笑道。賊囚。他怎的孝順我。良久。書童兒進來。見李瓶在描金炕床上。

舒着雪藕般玉腕兒帶着鍍金鐲釧子引着玳瑁猫兒和哥兒
耍子因說道賊囚你送了這些東西來與誰吃那書童只是笑
李瓶兒道你不言語笑是怎的說書童道小的不孝順娘再孝
順誰李瓶兒道賊囚你平白好好的怎麽孝順我是的你不說
明白我也不吃常言說的好君子不吃無名之食那書童把酒
打開菜蔬都擺在小卓上教迎春取了把銀素篩了來傾酒在
鍾内雙手遞上去跪下說道娘吃過等小的對娘說李瓶兒道
你有甚事說了我纔吃你的不說你就跪一百年我也是不吃
又道你起來說那書童于是把應伯爵所央四人之事從頭訴
說一遍他先替韓夥計說了不好來說得央及小的先來稟過
娘等爹問休說是小的說只假做花大舅那頭使人來說小的

寫下個帖兒在前邊書房內只說是娘遞與小的教與爹看娘屋裡再加一美言況昨日衙門裡爹已是打過他罪兒爹胡亂做個處斷放了他罷也是老大的陰騭李瓶兒笑道原來也是這個事不打緊等你爹來家我和他說就是了你平白整治這些東西來做什麽又道賊囚你想必問他起發些東西了書童道不瞞娘說他送了小的五兩銀子李瓶兒道賊囚你倒且是會排鋪攢錢于是不吃小鍾旋教迎春取了付大銀衢花盃來先吃了兩鍾然後也回斟一盃與書童吃書童道小的不敢吃吃了快臉紅只怕爹來看見李瓶兒道我賞你吃怕怎的于是磕了頭起來一吸而飲之李瓶兒把各樣嗄飯揀在一個碟兒里教他吃那小厮一連陪他吃了兩大盃怕臉紅就不敢吃就

出來了。到了前邊鋪子里。還剩了一半點心。嗄飯擺在櫃上。又打了兩提罈酒。請了付夥計。賁四陳經濟來。與玳安兒衆人都一陣風捲殘雲。吃了箇淨光。就忘了教平安兒吃。那平安兒坐在大門首。把嘴谷都着。不想西門慶約後晌從門外。拜了客來家。平安看見也不說。那書童聽見喝道之聲。慌的收拾不迭兩三步扠到廳上。與西門慶接衣服。西門慶便問今日没人來。書童道。没人。西門慶脫了衣服。摘去冠帽。帶上巾幘。走到書房内坐下。書童兒取了。一盞茶來遞上。西門慶呷了一口放下。因見他面帶紅色。便問你那里吃酒來。這書童就向卓上硯臺下。取着一紙柬帖。與西門慶瞧。說道此是後邊六娘叫小的到房裡。與小的這個柬帖。是花大舅那里送來。說車淡等。那六娘教小的收着與爹瞧因賞了小的一盞酒吃不想臉就紅了西門慶把帖觀看上寫道犯人車淡四名乞青目看了遞與書童分付放下我書篋內教答應的明日衙門裡稟我書童一面接了放在書篋內又走在旁邊侍立西門慶見他吃了酒臉上透出紅白來紅馥馥唇兒露着一口糯更牙兒如何不愛于是淫心輒起摟在懷裡兩個親嘴咂舌頭那小郎口噙香茶桂花餅身上薰的噴鼻香西門慶用手撩起他衣服褪了花褲兒摸弄他屁股因囑付他少要吃酒只怕糟了臉書童道爹分付小的知道兩個在屋裡正做一處且說一個青衣人騎了一匹馬走到大門首跳下馬來問守門的平安作揖問道這里是問刑的西門老爹家那平安兒因書童兒不請他吃東道把嘴頭子撅着

正沒好氣半日不答應那人只雇立着說道我是帥府周老爺
差來送轉帖與西門老爹看明日與新平寨坐營須老爹送行
明日在永福寺擺酒也有荊都監老爹掌刑夏老爹營里張老
爹每位分資一兩剛纔多到了逕來報知累門上哥稟稟進去
小人還等回話那平安方拏了他的轉帖入後邊打聽西門慶
在花園書房內走到裡面剛轉過松墻只見畫童兒在窓外基臺
上坐的見了平安擺手兒那平安就知西門慶與書童幹那不
急的事悄悄走在窓下聽覷半日聽見裏邊氣呼呼跐的地平
一片聲响西門慶叫道我的兒把身子弔正着休要動就半日
沒聽見動靜只見書童出來與西門慶舀水洗手看見平安兒
畫童兒在窓子下跕立把臉飛紅了往後邊拏去了平安拏轉

帖進去。西門慶看了。取筆畫了知。分付後邊問你二娘討一兩銀子。教你姐夫封了。付與他去。平安兒應諾去了。書童拏了水來。西門慶洗畢手。回到李瓶兒房中。李瓶兒便問你吃酒。教丫頭篩酒你吃西門慶看見卓子底下。放着一罈金華酒便問是那里的。李瓶兒不好說是書童兒買進來的。只說我一時要想些酒兒吃。旋使小廝街上買了這罈酒來。打開只吃了兩鍾兒就懶待吃了。西門慶道。阿呀。前頭放着酒。你又拏銀子買。因前日買酒。我賒了丁蠻子的四十罈河清酒。丟在西廂房內。你要吃時。教小廝拏鑰匙取去。說畢。李瓶兒還有頭里吃酒的一碟燒鴨子。一碟雞肉。一碟鮮魚沒動。教迎春安排了四碟小菜切了一碟火薰肉放下卓兒在房中。陪西門慶吃酒西門慶更不問這嗄飯是那里。可見平日家中受用。管待人家。這樣東西。無日不吃。西門慶飲酒中間。想起問李瓶兒頭里書童拏的那帖兒。是你與他的。李瓶兒道。是門外花大舅。那里來說。教你饒了那夥人罷。西門慶道。前日吳大舅來說。我沒依。若不是。我定要送問這起光棍。既是他那里分上。我明日到衙門里。每人打他一頓放了罷。李瓶兒道。又打他怎的。打的那雌牙露嘴。什麼模樣。西門慶道。衙門是這等衙門。我管他雌牙不雌牙。還有比他嬌貴的。昨日衙門中。問了一起事。咱這縣中過世陳叅政家。陳叅政死了。母張氏守寡。有一小姐。因正月十六日。在門首看燈。有對門住的。一箇小夥子兒。名喚阮三。放花兒看見那小姐生得標致。就生心調胡博詞琵琶唱曲兒。調戲他。那小姐聽了那心動。使梅香暗暗把這阮三。叫到門裏。兩個只親了個嘴。後次竟不得會面。不期阮三在家。思想成病。病了五個月不起。父母那裡不使錢請醫看治。看看至死。不久身亡。有一朋友周二定計說陳宅母子每年中元節令。在地藏寺薛姑子那里。做伽藍會燒香。你許薛姑子十兩銀子。藏他在僧房內。與小姐相會。管病就要好了。那阮三喜歡。果用其計。薛姑子受了十兩銀子。在方丈內。不期小姐午寢。遂與阮三苟合。那阮三剛病起來。久思色慾。一旦得了。遂死在女子身上。慌的他母親忙領女子回家。這阮三父母。怎肯干罷。一狀告到衙門裡。把薛姑子陳家母子。都拏了。依着夏龍溪。知陳家有錢。就要問在那女子身上。便是我不肯。說女子與阮三。雖是私通。阮三久思不遂。况又病體不齋一旦苟合豈不傷命那薛姑子不合假以作佛事窩藏男女通姦因而致死人命况又受贓論了個知情褫衣打二十板責令還俗其母張氏不合引女入寺燒香有壞風俗同女每人一拶二十敲取了個供招都釋放了若不然送到東平府女子穩定償命李瓶兒道也是你老大個陰隲你做這刑名官早晚公門中與人行些方便兒別的不打緊只積你這點孩兒罷西門慶道可說什麼哩李瓶兒道別的罷了只是難爲那女孩兒虧那小嫩指頭兒上怎的禁受來他不害疼西門慶道疼的兩個字拶的順着指頭兒流血李瓶兒道你到明日也要少拶打人得將就將就些兒那里不是積福處西門慶道公事可惜不的情兒這裡兩個正飲酒中間只見春梅撳簾子進來見西門慶

正和李瓶兒腿壓着腿兒吃酒說道你每自在吃的好酒兒這咱晚就不想使個小廝接接娘去只有來安兒一個跟着轎子隔門隔戶只怕來晚了你倒放心西門慶見他花冠不整雲鬢蓬鬆便滿臉堆笑道小油嘴兒我猜你睡來李瓶兒道你頭上挑線汗巾兒跳上去了還不往下拉拉因讓他好甜金華酒你吃鍾兒西門慶道你吃我使小廝接你娘去那春梅一手挾着桌頭且兠輕因說道我纔睡起來心裡惡拉拉懶待吃西門慶道你看出來小油嘴吃好少酒兒李瓶兒道左右今日你娘不在你吃上一鍾兒怕怎的春梅道六娘你老人家自飲我心里本不待吃有俺娘在家不在家便恁的就是娘在家遇着我心不耐煩他讓我我也不吃西門慶道你不吃呵口茶兒罷我使迎

春前頭叫個小厮接你娘去因把手中吃的那盞木樨芝蔴薰笋泡茶遞與他那春梅似有如無接在手里只呷了一口就放下了說道你教迎春叫去我已叫了平安兒在這裡他還大些教他接去西門慶隔窓就叫平安兒那小厮應道小的在這里伺候西門慶道你去了誰看大門平安道小的委付棋童兒在門上西門慶道既如此你快拏個燈籠接去罷于是逕拏了燈籠來迎接潘金蓮迎到半路只見來安兒跟着轎子從南來了原來兩個是熟擡轎的一個叫張川兒一個叫魏聰兒走向前一把手拉住轎杠子說道小的來接娘來了金蓮就叫平安兒問道你爹在家是你爹使你來接我誰使你來平安道是爹使我來倒少倒少是姐使了小的接娘來了金蓮道你爹想必衙

門裡沒來家平安道沒來家門外拜了人從後晌就來家了在六娘房裡吃的好酒兒若不是姐旋叫了小的進去催逼着拏灯籠來接娘還早哩小的見來安一個跟着轎子又小只怕來晚了路上不方便須得個大的兒來接纔好又沒人看守大門小的委付棋童兒在門首小的纔來了金蓮又問你來時你爹在那里平安道小的來時爹還在六娘房里吃酒哩姐稟問了爹纔打發了小的來了金蓮聽了在轎子内半日沒言語冷笑駡道賊强人把我只當亡故了的一般一發在那淫婦屋裏睡了長覺也罷了到明日只交長遠倚逞那尿胞種只休要晌午錯了張川兒在這里聽着也沒別人你脚踏千家門萬家戶那裡一箇纔尿出來多少時兒的孩子拏整綾段尺頭裁衣裳與

他穿。你家就是王十萬使的使不的張川兒接過來道。你老人
家。不說。小的也不敢說這個可是使不的不說可惜。倒只恐折
了他。花麻痘疹還沒見好容易就能養治的大。去年東門外一
個高貴大庄屯人家。老兒六十歲。見居着祖父的前程。手里無
碑記的銀子。可是說的牛馬成羣。米粮無數。丫鬟侍妾只成羣
立紀。穿袍兒的身邊也有十七八個。要個兒子花看樣兒也沒
有。東廟里打齋西寺裡修供。捨經施像。那里沒求。到不想他第
七個房里生了個兒子。喜歡的了不得。也像咱當家的一般成
日如同掌兒上看擎。錦繡綾羅窩兒裡抱大。糊了五間雪洞兒
的房。買了四五個養娘扶侍。成日見了風也怎的。那消三歲。因
出痘疹丢了。休怪小的說。倒是潑丢潑養的還好。金蓮道。潑丢

潑養。恨不得成日金子兒裹着他哩。平安道。小的還有庄事對娘說。小的若不說。到明日娘打聽出來。又說小的不是了。便是韓夥計說的那夥人。爹衙門裡都夾打了。收在監裡。要送問他。今早應二爹來。和書童兒說話。想必受了幾兩銀子。大包子拏到鋪子裡。就硬鑿了二三兩使了。買了許多東西嗄飯。在來興屋裡。教他媳婦子整治了。掇到六娘屋裡。又買了兩罈金華酒。先和六娘吃了。又走到前邊鋪子裡。和傅二叔賁四。姐夫玳安來興。眾人打夥兒直吃到爹來家時分。纔散了哩。金蓮道。他就不讓你吃些。平安道。他讓小的。好不大胆的蠻奴才。把娘每還不放到心上。不該小的說。還是爹慣了他。爹先不先。和他在書房裡幹的齷齪營生。況他在縣里。當過門子。什麽事兒不知道。

爹。若不早把那蠻奴才打發了。到明日咱這一家子。乞他弄的
壞了。金蓮問道。在李瓶兒屋里吃酒。吃的多大回。平安兒道。吃
了好一日兒。小的看見他吃的臉通紅。纔出來。金蓮道。你爹來
家。就不說一句兒。平安道。爹也打牙粘住了。說什麼。金蓮罵道。
恁賊沒廉耻的昏君強盜。賣了兒子招女婿。彼此騰倒着做。你
便圖毬他那屎屁股門子奴才。左右合你家愛娘子。囑付平安
等他再和那蠻奴才。在那里幹這齷齪營生。你就來告我說。平
安道。娘分付。小的知道。老川在這里聽着。也沒走了裡話。他在
咱家也答應了這幾年。也是舊人。小的穿青衣。抱黑柱。娘就是
小的的主兒。小的有話兒。怎不告娘說。娘只放在心裡。休要題
出小的一字兒來。于是跟着轎子。直說到家門首。潘金蓮下了

轎上穿着丁香色南京雲紬襖的五彩納紗喜相逢天圓地方補子對衿衫兒下着白碾光絹一尺寬攀枝耍娃娃挑線拖泥裙子胸前襟帶金玲瓏㩦領兒下邊羊皮金荷包先進到後邊月娘房裡拜見月娘月娘道你住一夜慌的就來了金蓮道俺娘要留我住他又招了俺姨那里一個十二歲的女孩兒在家養活都擠在一個炕上誰住他又恐怕隔門隔戶的教我就來了俺娘多多上覆姐姐多謝重禮于是拜畢月娘又到李嬌兒孟玉樓衆人房裡多拜了回到前邊打聽西門慶在李瓶兒屋裡吃酒逕來拜李瓶兒李瓶兒見他進來連忙起身笑着迎接兩個齊拜說道姐姐來家早請坐吃鍾酒兒教迎春快拏座兒與你五娘坐金蓮道今日我偏了孟重復吃了雙席兒不坐了

說着揚長抽身就去了。西門慶道。好奴才。恁大胆。來家就不拜我拜兒。那金蓮接過來道。我拜你。還沒修福來哩。奴才不大膽。什麼人大膽。看官聽說。潘金蓮這幾句話。分明譏諷李瓶兒說他先和書童兒吃酒。然後又陪西門慶。豈不是雙席兒。那西門慶怎曉的就里。正是情知語是針和線。就地引起是非來。畢竟未知後來何如。且聽下回分解。

第三十五回　西門慶為男寵報仇

聯經出版事業公司景印版

書童兒作女粧媚客

第三十五回

西門慶挾恨責平安　書童兒妝旦勸狎客

莫入州衙與縣衙　勸君勤謹作生涯
池塘積水須防旱　買賣辛勤是養家
教子教孫并教藝　栽桑栽棗莫栽花
閑是閑非休要管　渴飲清泉悶煮茶

此八句單說爲人之父母必須自幼訓教子孫讀書學禮知孝順父母尊敬長上和睦鄉里各安生理切不可縱容他少年驕惰放肆三五成羣遊手好閑張弓挾矢籠養飛鳥蹴踘打毬飲酒賭博飄風宿娼無所不爲將來必然招事惹非敗壞家門似此人家使子陷于官司大則身亡家破小則吃打受牢財入公

門。致出吏口。連累父兄。惹悔躭憂。有何益哉。話說西門慶。早到衙門。先退廳與夏提刑說此四人再三尋人情來說。交將就他夏提刑道。也有人到學生那邊。不好對長官說。既是這等。如今提出來。戒飭他一番。放了罷。西門慶道。長官見得有理。即陞廳令左右提出車淡等犯人跪下。生怕又打。只顧磕頭。西門慶也不等夏提刑開言。我把你這起光棍。如何尋這許多人情來說本當都送問。且饒你這遭。若犯了我手裡。都活監死。出去罷。連韓二一都喝出來了。往外。金命水命。走投無命。這里處斷公事不題。且說應伯爵。拏着五兩銀子。尋書童兒問他討話。悄悄遞與他銀子。書童接的袖了。那平安兒在門首。拏眼兒瞅着他。書童于是如此這般。勸住時。說昨日已對爹說了。今日往衙門裡發落去了伯爵道他四個父兄再三説恐怕又責罰他書童道你老人家只顧放心去管情兒一下不打他那伯爵得了這消息急急走去回他每話去了到日飯時分四家人都到家個個撲着父兄家屬放聲大哭每人去了百十兩銀子落了兩腿瘡再不敢妄生事了正是禍患每從勉強得煩惱皆因不忍生却説那日西門慶未來家時書童兒在書房內叫來安兒掃地向食盒揭了把人家送的卓面上响糖與他吃那小厮千不合萬不合叫書童哥我有句話兒告你説昨日俺平安哥接五娘轎子在路上好不學舌説哥的過犯書童問道他説我什麼來來安兒道他説哥攬的人家幾兩銀子大膽買了酒肉送在六娘房裡吃了半日出來又在前邊鋪子里吃不與他吃又説你在書

房裡和爹幹什麼營生這書童一不聽便罷聽了暗記在心過了一日也不題起到次日西門慶早辰約會了不往衙門裡去都往門外永福寺置酒與湏坐營送行去了直到下午時分纔來家下馬就分付平安但有人來只說還沒來家說畢進到廳上書童兒接了衣裳西門慶因問今日沒人來書童道沒有管屯的徐老爹送了兩包螃蠏十斤鮮魚小的拏回帖打發去了與了來人二錢銀子又有吳大舅送了六個帖兒明日請娘每吃三日原來吳大舅兒子吳舜臣娶了喬大戶娘子姪女兒鄭三姐做媳婦兒西門慶早送了茶去他那里來請西門慶到後邊月娘拏帖兒與他瞧說道明日你每都收拾了去說畢出來到書房裡坐下書童連忙拏炭火爐內燒甜香餅兒雙手遞茶上

去西門慶擎茶在手。他慢慢挨近。跕立在卓頭邊。良久。西門慶掀了個嘴兒。使他把門關上。用手摟在懷里。一手捧着他的臉兒。西門慶吐舌頭。那小郎口裡噙着鳳香餅兒。遞與他。下邊又替他弄玉莖。西門慶問道。我兒。外邊沒人欺負你。那小廝乘機就說。小的有樁事。不是爹問。小的不敢說。西門慶道。你說不妨。書童就把平安一節。告說一遍。前日爹叫小的在屋裏。他和畫童在窓外聽覷。小的出來舀水。與爹洗手。親自看見他。又在外邊對着人。罵小的蠻奴才。百般欺負小的。西門慶聽了。心中大怒。發很說道。我若不把奴才腿卸下來。也不筭這里書房中說話不題。平昔平安兒專一打聽這件事。三不知走去房中。報與金蓮。金蓮使春梅前邊來。請西門慶說話。剛轉過松墻。只見畫童兒在那里弄松虎兒便道姐來做什麼爹在書房里被春梅頭上鑿了一下西門慶在裡面聽見裙子响就知有人來連忙推開小廝走在床上睡着那書童在卓上弄筆硯春梅推門進來見了西門慶咂嘴兒說道你每悄悄的在屋裡把門兒關着敢守親哩娘請你說話西門慶仰睡在枕頭上便道小油嘴兒他請我說什麼話你先行等我畧倘倘兒就去那春梅那里容他說道你不去我就拉起你來西門慶怎禁他死拉活拉拉到金蓮房中金蓮問他在前頭做什麼春梅道他和小廝兩個在書房里把門兒揷着揑殺蠅子兒是的赤道幹的什麼繭兒恰似守親的一般我進去小廝在卓子根前推寫字兒了我眼張大個的他便倘剌在床上拉着再不肯來潘金蓮道他進來我

這屋裡只怕有鍋鑊吃了他是的賤沒廉恥的貨你想有個廉
耻大白日和那奴才平白兩個關着門在屋里做什麽來左右
是奴才臭屁股門子鑽了到晚夕還進屋裏還和俺每沾身睡
好乾淨兒西門慶道你信小油嘴兒胡說我那里有此勾當我
看着他寫禮帖兒來我便掇在床上金蓮道巴巴的關着門兒
寫禮帖什麽機密謠言什麽三隻腿的金剛兩個觭角的象怕
人瞧見明日吳大妗子家做三日掠了個帖子兒來不長不短
的也尋什麽件子與我做拜錢你不與莫不問我和野漢子要
大姐姐是一套衣裳五錢銀子別人也有簪子的也有花的只
我沒有我就不去了西門慶道前邊厨櫃內拏一疋紅紗來與
你做拜錢罷金蓮道我就去不成也不要那囂紗片子拏出去

倒沒的教人笑話西門慶道你休亂等我往那邊樓上尋一件什麼與他便了如今往東京這賀禮也要幾疋尺頭一套兒尋下來罷于是走到李瓶兒那邊樓上尋了兩疋玄色織金麒麟補子尺頭兩疋南京色段一疋大紅斗牛紵絲一疋翠藍雲段因對李瓶兒說尋一件雲絹衫與金蓮做拜錢如無拏帖段子鋪討去罷李瓶兒道你不要鋪子里取去我有一件織金雲絹衣服罷大紅衫兒藍裙留下一件也不中用俺兩個都做了拜錢罷一面向箱中取出來李瓶兒親自拏與金蓮瞧隨姐姐揀衫兒也得裙兒也得咱兩個一事包了做拜錢倒好省得人取去金蓮道你的我怎好要你的李瓶兒道好姐姐怎生恁說話推了半日金蓮方纔肯了又出去教陳經濟換了腰封寫了二人

名字在上這里西門慶後邊揀尺頭不題且說平安兒正在大門首只見西門慶朋友白來搶走來問道大官人在家麽平安兒道俺爹不在家了那白來搶不信逕入裏面廳上見槅子關着說道果然不在家往那里去了平安道今日門外送行去了還沒來白來搶道既是送行這咱晚也來家了平安道白大叔有甚說話說下待爹來家小的稟就是了白來搶道沒什麽話只是許多時沒見閑來望望既不在我等等罷平安道只怕來晚了你老人家等不得白來搶不依把槅子推開進入廳內在椅子上就坐了衆小廝也不理他由他坐去不想天假其便西門慶教迎春抱着尺頭從後邊走來剛轉過軟壁頂頭就撞見白來搶在廳上坐着迎春兒丢下段子往後走不迭白來搶道

這不是哥在家。一面走下來唱喏。這西門慶見了。推辭不得。頂
索讓坐。睃見白來搶頭帶着一頂出洗覆盔過的。恰如太山遊
到嶺的舊羅帽兒。身穿着一件壞領磨襟救火的硬漿白布衫
脚下靸着一雙乍板唱曲兒前後彎絕戶綻的。古銅木耳兒皂
靴。裏邊插着一雙一碌子繩子打不到黃絲轉香馬凳襪子。坐
下也不呌茶。只見琴童在旁伺候西門慶分付。把尺頭抱到客
房裡。教你姐夫封去。那琴童應諾。抱尺頭往廂房裡去了。白來
搶舉手道。一向欠情。沒來望的哥。西門慶道。多謝挂意。我也常
不在家。日逐衙門中有事。白來搶道哥。這衙門中也日日去麼
西門慶道。日日去兩次。每日坐廳問事到朔望日子。還要拜牌
畫公座。大發放地方保甲。番役打卯。歸家便有許多窮冗無片

時間暇。今日門外去，因須南溪陞了，新陞了新平寨坐營，衆人和他送行。只剛到家，明日曾皇庄薛公公家請吃酒，路遠去不成。後日又要打聽接新巡按，又是東京太師老爺四公子又選了駙馬，蕭茂德帝姬。童太尉姪男，童天胤，新選上大堂，陞指揮使僉書管事。兩三層都要賀禮，自這連日通辛苦的了不得。說了半日話。來安兒纔拏上茶來，白來搶纔拏在手裡，呷了一口。只見玳安拏着大紅帖兒，往後飛跑，報道掌刑的夏老爹來了。外邊下馬了。西門慶就往後邊穿衣服去了。白來搶躲在西廂房內，打簾裡望外張看。良久，夏提刑進來，穿着黑青水緯羅五彩洒線猱頭金獅補子圓領，翠藍羅襯衣，腰繫合香嵌金帶，腳下皂朝靴，身邊帶鑰匙，黑壓壓跟着許多人，進到廳上。西門慶冠帶從後邊迎將來兩個敘禮畢分賓主坐下不一時棋童兒雲南瑪瑙雕漆方盤拏了兩盞茶來銀鑲竹絲茶鍾金杏葉茶匙木樨青荳泡茶吃了夏提刑道昨日所言接大巡的事今日學生差人打聽姓曾乙未進士牌已行到東昌地方他列位每都明日起身遠接你我雖是武官係領勅衙門提點刑獄比軍衛有司不同咱後日起身離城十里尋個去所預備一頓飯那里接見罷西門慶道長官所言甚妙也不消長官費心學生這里着人尋個庵觀寺院或是人家庄園亦好教個厨役早去整理夏提刑謝道這等又教長官費心說畢又吃了一道茶夏提刑起身去了西門慶送了進來寬去衣裳那白來搶還不去走到廳上又坐下了對西門慶說自從哥這兩個月沒往會里去

把會來就散了老孫雖年紀大主不得事應二哥又不管昨日

七月內玉皇廟打中元醮連我只三四個人兒到沒個人拏出

錢來都打撒手兒難爲吳道官晚夕謝將又叫了個說書的甚

是破費他他雖故不言語各人心上不安不如那咱哥做會首

時還有個張主不久還要請哥上會去西門慶道你沒的說散

便散了罷我那里得工夫幹此事遇閑時在吳先生那里一年

打上個醮荅報荅報天地就是了隨你每會不會不消來對我

說幾句搶的白來搶沒言語了又坐了一回西門慶見他不去

只得喚琴童兒廂房內放卓兒拏了四碟小菜帶葷連素一碟

煎麪觔一碟燒肉西門慶陪他吃了飯篩酒上來西門慶後邊

討副銀鑲大鍾來斟與他吃了幾鍾白來搶纔起身西門慶送

他二門首說道你休怪我不送你我帶着小帽不好出去得那
白來搶告辭去了西門慶囘到廳上拉了把椅子來就一片聲
的呌平安兒那平安兒走到跟前西門慶駡道賊奴才還跕着
呌答應的就是三四個排軍在旁伺候那平安不知什麼緣故
諕的臉蠟查黃跪下了西門慶道我進門就分付你但有人來
答應不在你如何不聽平安道白大叔來時小的回說爹往門
外送行去了沒來家他不信强着進來了小的就跟進來問他
白大叔有話說下待爹來家小的禀就是了他又不言語自家
推開廳上槅子坐下了落後不想出來就撞見了西門慶駡道
你這奴才不要說嘴你好小膽子兒人進來你在那里要錢吃
酒去來不在大門首守着令左右你聞他口裡那排軍聞了一

聞稟道沒酒氣西門慶分付叫兩個會動刑的上來與我着實
拶這奴才當下兩個伏侍一個套上拶指只雇槃起來拶的平
安疼痛難忍叫道小的委的回爹不在他強着進來那排軍拶
上把繩子綰住跪下稟道拶上了西門慶令與我敲五十敲旁
邊數着敲到五十上住了手西門慶分付打二十棍須臾打了
二十打的皮開肉綻滿腿杖痕西門慶喝令與我放了兩個排
軍向前解了拶子解的直聲呼喚西門慶罵道我把你這賊奴
才你說你在大門首想說要人家錢兒在外邊壞我的事休吹
到我耳朶內把你這奴才腿卸下來那平安磕頭了起來提着
褲子往外去了西門慶看見畫童兒在旁邊說道把這小奴才
拏下去也拶他一拶子一面拶的小厮殺猪兒似怪叫這里西

門慶在前廳拶人不題。單說潘金蓮從房里出來往後走。剛走到大廳後儀門首。只見孟玉樓獨自一個在軟壁後聽覷。金蓮便問你在此聽什麼兒哩。玉樓道我在這里聽他爹打平安兒。連畫童小奴才也拶了一拶子。不知爲什麼。一回棋童兒過來。玉樓叫住。問他爲什麼打平安兒。棋童道爹嗔他放進白來搶來了。金蓮接過來道也不是爲放進白來搶來。敢是爲他打了象牙梳不是。打了象牙。平白爲什麼打得小厮這樣的。賊沒廉耻的貨。亦發臉做了主了。想有些廉耻兒也怎的。那棋童就走了。玉樓便問金蓮怎的打了象牙。金蓮道我要告訴你還沒告訴你。我前日去俺媽家做生日去了。不在家。學說蠻秫秫小厮攬了人家說事幾兩銀子。買嗄飯在前邊整治了兩方盒。又是

一鍾金華酒。掇到李瓶兒房裡和小厮吃了半日酒。小厮纔出
來。沒廉耻貨來家。學說也不言語。還和小厮在花園書房里插
着門兒。兩個不知幹着什麽營生。平安這小厮。拏着人家帖子
進去。見門關着。就在窓下跕着了。蠻小厮開門看見了。想是學
與賊沒廉耻的貨。今日挾仇。打這小厮。打的臁子成。那怕蠻奴
才。到明日把一家子都收拾了。管人弔腳兒事。玉樓笑道好說。
雖是一家子。有賢有愚。莫不都心邪了。罷金蓮道。不是這般說
等我告訴你。如今這家中他心肝肐蔕兒事。偏歡喜的。這兩個
人。一個在裏。一個在外。成日把魂恰似落在他身上一般。見了
說也有。笑也有。俺每是沒時運的。行動就相烏眼鷄一般。賊不
逢好死變心的強盜。通把心狐迷住了。更變的如今相他哩。三

姐你聽着到明日弄出什麽八怪七喇出來今日爲拜錢又和他合了回氣但來家不是在他房裡就在書房裡不知幹的什麽事我今日使春梅你看他在那里叫他來誰知他大白日裡和賊蠻奴才關着門兒在書房裡春梅推門入去諕的一個眼張失道的到屋裡教我儘力數罵了幾句他只雇左遮右掩的先拏一疋紅紗與我做拜錢我不要落後往李瓶兒那邊樓上尋去賊人膽兒虛自知理虧拏了他廂內一套織金衣服來親自來儘我說道姐姐你看這衣服好不好省的拆開了咱兩個拏去都做了拜錢罷我便說你的東西兒我如何要你的教爹舖子裡取去他慌了說姐姐怎的這般計較姐姐揀衫兒也得裙兒也得看了好拏到前邊教陳姐夫封寫去儘了半日我纔

吐了口兒他讓我要了衫子玉樓道這也罷了也是他的儘讓之情金蓮道你不知道不要讓了他如今年世只怕睜着眼兒的金剛不怕閉着眼兒的佛老婆漢子你若放些鬆兒與他王兵馬的皂隸還把你不當合的玉樓戲道六了頭你是屬麵觔的倒且是有靳道說着兩個笑了只見小玉來請三娘五娘後邊吃螃蠏哩我去請六娘和大姑娘去兩個手拉着手兒進來月娘和李嬌兒正在上房那門穿廊下坐說道你兩個笑什麼兒金蓮道我笑他爹打平安兒月娘道嗔他恁亂鄭蝋叫喊的只道打什麼人原來打他爲什麼來金蓮道爲他打折了象牙了月娘老實便問象牙放在那里來怎的教他打折了那潘金蓮和孟玉樓兩個嘻嘻哈哈只雇笑成一塊月娘道不知你每

笑什麼不對我說玉樓道姐姐你不知道爹打平安爲放進白來搶來了月娘道放進白來搶便罷了怎麼說道打了象牙也沒見這般沒稍幹的人在家閉着䑋子坐平白有要沒緊來人家撞些什麼來安道他來望爹來了月娘道那個弔下炕來了望沒的扯䑋淡不說來挑嘴吃罷了良久李瓶兒和大姐來到衆人圍遶吃螃蟹月娘分付小玉屋裡還有些葡萄酒篩來與你娘每吃金蓮快嘴說道吃螃蟹得些金華酒吃纔好又道只剛一味螃蟹就着酒吃得隻燒鴨兒撕了來下酒月娘道這咱晚那里買燒鴨子去那席上李瓶兒聽了把臉飛紅了正是話頭兒包含着深意題目兒里暗蓄着留心那月娘是個誠實的人怎曉的話中之話這里吃螃蟹不題且說平安兒被責來到

外邊打內剌扒着腿兒走那屋裡掇的把人揸沙着賁四來興
衆人都亂來問平官兒爹爲什麼打你平安哭道我知爲什麼
來興兒道爹嗔他放進白來搶來了平安道早是頭里你看着
我那等攔了他兩次兒說爹不在家他强着進去了到廳上槅
子門裡我說你老人家有什麼說說下罷爹門外送行去了不
知多咱來只怕等不得他說我等等兒話又不說坐住了不想
爹從後邊出來撞見了又沒甚話我閑來望望兒吃了茶再不
起身只見夏老爹來了我說他去了他還躲在廂房里又不去
爹沒法兒少不的留他坐人家知慚愧的畧坐一回兒就去他
直等拏酒來吃了纔去倒惹的進來打我這一頓說我不在門
首看放進人來了你說我不造化低我沒攔他又說我沒攔他

他强自進來坐着。不虧了。管我腿事。打我教那個賊天殺。男盜女娼的。狗骨秃。吃了俺家這東西。打背梁脊下過。來興兒道。爛折脊梁骨的。倒好了。他往下撞。平安道。教他生噎食病。把顙根軸子爛弔了。平安道。天下有没廉耻皮臉的。不相這狗骨秃。没廉耻來我家闖的。狗也不咬賊雌飯吃。花子合的再不爛了。賊亡入的屁股門子。來興笑道。爛了屁股門上。人不知道。只說是臊的。衆人都笑了。平安道。想必是家裡没晚米做飯。老婆不知餓得怎麼樣的。閑的没的幹。來人家抹嘴吃。圖家裡省了一頓。也不是常法兒。不如教老婆養漢。做了忘八。倒硬朗些。不教下人唾罵。正是外頭擺浪子。家里老婆啃家子。玳安在舖子裡覔頭。覔了。打發那人錢去了。走出來說。平安兒。我不言語。鱉的。我

慌虧你還荅應主子。當家的性格。你還不知道。你怎怪人。常言
養兒、不要屙金溺銀。只要見景生情。比不的應二叔。和謝叔來。
荅應在家不在家。他彼此都是心甜厚間便罷了。以下的人。他
又分付你荅應不在家。你怎的放人來。不打你。却打誰。賁四戲
道。平安兒從新做了小孩兒。纔學閑閑。他又會頑。成日只踢毬
兒耍子。衆人又笑了一回。賁四道。他便爲放進人來。這畫童兒。
却爲什麽。也陪拶了一拶子。是好吃的菓子兒。陪吃個兒。吃酒
吃肉。也有個陪客。十個指頭套在拶子上。也有個陪的來。那畫
童兒揉着手。只是哭。玳安戲道。我兒少哭。你娘養的你忒嬌。把
饊子兒。拏繩兒拴在你手兒上。你還不吃。這里前邊小廝熱亂
不題。西門慶在廂房中。看着陳經濟書童封了禮物尺頭。寫了

揭帖。次日早打發人上東京。送蔡駙馬。童堂上禮。不在話下。到
次日。西門慶往衙門裡去了。吳月娘與衆房。共五頂轎子。頭帶
珠翠冠。身穿錦綉袍。來與媳婦。一頂小轎。跟隨往吳大妗家做
三日去了。止留下孫雪娥在家中。和西門大姐看家。早間韓道
國送禮相謝。一罈金華酒。一隻水晶鵝。一副蹄子。四隻燒鴨。四
尾鰣魚。帖子上寫着。晚生韓道國頓首拜。書童沒人在家。不敢
收。連盒擔留下。待的西門慶衙門中回來。拏與西門慶瞧。西門
慶使琴童兒舖子里。旋叫了韓夥計。甚是說他沒分曉。又買這
禮來做什麽。我決然不受。那韓道國拜說。老爹。小人蒙老爹莫
大之恩。可憐見與小人出了氣。小人舉家感激不盡。無甚微物。
表一點窮心。望乞老爹。好歹笑納。西門慶道。這個使不得。你是

我門下夥計如同一家我如何受你的禮即令原人與我擡回去韓道國慌了央說了半日西門慶分付左右只受了鵝酒別的禮都令擡回去了教小厮拏帖兒請應二爹和謝爹去對韓道國說你後晌叫來保看着舖子你來坐坐韓道國說禮物不受又教老爹費心應諾去了西門慶家中又添買了許多菜蔬後晌時分在花園中翡翠軒捲棚內放下一張八仙卓兒應伯爵謝希大先到了西門慶告他說韓夥計費心買禮來謝我我再三不受他他只雇死活央告只留了他鵝酒我怎好獨享請你二位陪他坐坐伯爵道他和我計較來要買禮謝我說你大官府里那里稀罕你的休要費心你就送去他決然不受如何我恰似打你肚子裡鑽過一遭的果然不受他的說畢吃了茶

兩個打雙陸。不一時韓道國到了。二人叙禮畢坐下。應伯爵謝希大居上。西門慶關席。韓道國打橫。登時四盤四碗拏來。卓上擺了許多嗄飯。吃不了。又是兩大盤玉米麵鵝油蒸餅兒堆集的。把金華酒分付來安兒就在旁邊打開。用銅甑兒篩熱了拏來。教書童斟酒。畫童兒單管後邊拏菓拏菜去。酒斟上來。伯爵分付書童兒後邊對你大娘房裡說。怎的不拏出螃蟹來。與應二爹吃。你去說我要螃蟹吃哩。西門慶道。傻狗材。那里有一個螃蟹。實和你說。管屯的徐大人送了我兩包螃蟹。到如今娘每都吃了。剩下醃了幾個。分付小厮把醃螃蟹撺幾個來。今日娘每都不在。往吳妗子家做三日去了。不一時。畫童拏了兩盤子醃螃蟹上來。那應伯爵和謝希大兩個搶着吃的淨光。因見書童兒甚酒。說道你應二爹一生不吃啞酒。自誇你會唱的南曲。我不曾聽見今日你好歹唱個兒我纔吃這鍾酒。那書童纔待拍手着唱伯爵道。這個唱一萬個也不筭你。裝龍似龍。裝虎似虎。下邊搽畫粧扮起來。相個旦兒的模樣。纔好。那書童在席上把眼只看西門慶的聲色兒。西門慶咲罵伯爵你這狗材。專一歪斯纏人。因向書童道。既是他索落你。教玳安兒前邊問你姐要了衣服下邊粧扮了來。玳安先走到前邊。金蓮房裡問春梅要。春梅不與。旋往後問上房玉簫要了四根銀簪子。一個梳背兒面前一件仙子兒。一雙金鑲假青石頭墜子。大紅對衿絹衫兒、綠重絹裙子。紫銷金箍兒。要了些脂粉。在書房裡搽抹起來。儼然就是個女子。打扮的甚是嬌娜。走在席邊雙手先遞上一盃

與應伯爵頓開喉音在旁唱玉芙蓉道

殘紅水上飄梅子枝頭小這些時淡了眉兒誰描因春帶得愁來到春去緣何愁未消人別後山遙水遙我爲你數盡歸期畫損了掠兒稍

伯爵聽了誇獎不已說道相這大官兒不枉了與他碗飯吃你看他這喉音就是一管簫說那院裡小娘兒便怎的那套唱都聽的熟了怎生如他那等滋潤哥不是俺每面獎似你這般的人兒在你身邊你不喜歡西門慶笑了伯爵道哥你怎的笑我倒說的正經話你休戲子這孩子凡事衣類兒上另着個眼兒看他難爲李大人送了他來也是他的盛情西門慶道正是如今我不在家書房中一應大小事收禮帖兒封書柬答應都是

他和小婿小婿又要舖子裡兼看看應伯爵飲過又斟雙盃伯爵道你替我吃些兒書童道小的不敢吃不會吃伯爵道你不吃我就惱了我賞你怕怎的書童只攊把眼看西門慶西門慶道也罷應二爹賞你你吃了那小厮打了個僉兒慢慢低垂粉頭呷了一口餘下半鍾殘酒用手擎着與伯爵吃了方纔轉過身來遞謝希大酒又唱個前腔兒

新荷池内翻過雨瓊珠濺對南薰燕侶鶯儔心煩啼痕界破殘粧面瘦對腰肢憶小蠻從別後千難萬難我爲你盼歸期靠損了玉欄杆

謝希大問西門慶道哥書官兒青春多少西門慶道他今年纔交十六歲問道你也會多少南曲書童道小的也記不多幾個

曲子。胡亂席上答應爹每罷了。希大道。好個乖覺孩子。亦照前
遞了酒下來遞韓道國。道國道老爹在上小的怎敢欺心。西門
慶道今日你是客韓道國道豈有此理還是從老爹上來次後
纔是小人吃酒。書童下席來遞西門慶酒。又唱第三個前腔兒。
東籬菊綻開金井梧桐敗聽南樓塞雁聲哀傷懷春情欲寄
梅花信鴻鴈來時人未來從別後音乖信乖。我爲你恨歸期
跌綻了綉羅鞋。
西門慶吃畢。到韓道國跟前那韓道國慌的連忙立起身來接
酒。伯爵道你坐着。教他好唱那韓道國方纔坐下書童又唱個
第四個前腔兒。
漫空柳絮飛。亂舞蜂蝶翅。嶺頭梅開了南枝折梅須寄皇華

使幾度停針長歎時從別後朝思暮思我為你數歸期掐破
了指尖兒
那韓道國未等詞終連忙一飲而盡正飲酒中間只見玳安來
說貴四叔來了請爹說話西門慶道你叫他來這里說罷不一
時貴四身穿青絹褶子单穗縧兒粉底皂靴向前作了揖旁邊
安頓坐了玳安連忙取一雙鍾筋放下西門慶令玳安後邊取
菜蔬去了西門慶因問他庄子上收拾怎的樣了貴四道前一
層纔盖瓦後邊捲棚昨日纔打的基還有兩邊廂房與後一層
住房的料沒有還少客位與捲棚漫地尺二方磚還得五百那
舊的都使不得砌墻的大城角多沒了垫地腳帶山子上土也
添勾一百多車子灰還得二十兩銀子的西門慶道那灰不打

緊。我明日衙門里。分付灰戶。教他送去。昨日你磚廠劉公公說。送我些磚兒。你開個數兒。封幾兩銀子送與他。須是一手人情兒。回去。只少這木植。貫四道。昨日老爹分付。門外看那庄子。人今早到賃上。同張安兒到那家庄子上。原來是向皇親家庄子。大皇親沒了。如今向五要賣神路明堂。咱每不是要他的。講過只拆他三間廳。六間廂房。一層羣房。就勾了。他口氣要五百兩。到跟前。拏銀子和他講。三百五十兩上也該拆他的。休說木植木料。光磚瓦連土也値一二百兩銀子。應伯爵道。我道是誰來是向五的那庄子。向五被人告爭地土。告在屯田兵備道打官司。使了好多銀子。又在院裡包着羅存兒。如今手裡弄的沒錢了。你若要與他三百兩銀子。他也罷了。冷手撾不着熱饅頭。在那壇兒哩念佛麼西門慶分付賁四你明日拏兩錠大銀子同張安兒和他講去若三百兩銀子肯拆了來罷賁四道小人理會良久後邊拏了一碗湯一盤蒸餅上來賁四吃了斟上陪樂人吃酒書童唱了一遍下去了應伯爵道這等吃的酒沒趣取箇骰盆兒俺每行個令兒吃纔好西門慶令玳安就在前邊六娘屋裡取個骰盆來不一時玳安取了來放在伯爵跟前悄悄走到西門慶耳邊掩口說六娘房裡哥哭哩迎春姐教爹着個人兒接接六娘去西門慶道你放下壺快教個小廝拏燈籠接去因問那兩個小廝那里玳安道琴童與棋童兒先拏兩個灯籠接去了伯爵見盆內放着六個骰兒伯爵卽用手拈着一個說我擲着點兒各人要骨牌名一句兒合着點數兒如說不過

來罰一大盃酒下家唱曲兒不會唱曲兒說笑話兒兩樁兒不會定罰一大盃西門慶道怪狗材忒韶刀了伯爵道令官放個屁也欽此欽遵你曾我怎的吽來安你且先斟一盃罰了爹然後好行令西門慶笑而飲之伯爵道衆人聽着我起令了說差了也罰一盃說道張生醉倒在西廂吃了多少酒一大壺兩小壺果然是個么西門慶教書童兒上來斟酒該下家謝希大唱希大拍着手兒我唱了個折桂令兒你聽罷唱道

可人心二八嬌娃百件風流所事慷達眉蹙春山眼橫秋水鬢綰着烏鴉乾相思撇不下一時半霎咫尺間如隔着海角天涯瘦也因他病也因他誰與做個成就了姻緣便是那救苦難菩薩

伯爵吃過酒過盒與謝希大該擲擲輪着西門慶唱謝希大孥
過骰兒來說多謝紅兒扶上床什麼時候三更四點可要作怪
擲出個四來伯爵道謝子純該吃四盃希大道折兩盃罷我吃
不得書童兒滿斟了兩盃先吃了頭一盃等他唱席上伯爵二
個把一碟子孝蕎都吃了西門慶道我不會唱說了笑話兒罷
說道一個人到菓子鋪問可有榧子麼那人說有取來看那買
菓子的不住的往口裡放賣菓子的說你不買如何只雇吃那
人道我害他潤肺那賣的說你便潤了肺我却心疼衆人多笑
了伯爵道你若心疼再孥兩碟子來我媒人婆拾馬糞越發越
晒謝希大吃了第三說西門慶擲說留下金釵與表記多少重
五六七錢西門慶掐起骰兒來擲了個五書童兒道再斟上兩

鍾半酒謝希大道哥大量也吃兩鍾兒沒這個理哥吃四鍾罷只當俺一家孝順一鍾兒該韓夥計唱韓道國讓賁四哥年長賁四道我不會唱說個笑話兒罷西門慶吃過兩鍾賁四說道一官問姦情事問你當初如何姦他來那男子說頭朝東腳也朝東姦來官云胡說那里有個缺着行房的道理旁邊一個人走來跪下說道告禀若缺刑房待小的補了罷應伯爵道好賁四哥你便益不失當家你大官府又不老別的還可說你怎麼一個行房你也補他的賁四聽見他此言諕的把臉通紅了說道二叔什麼話小人出于無心伯爵道什麼話檀木靶沒了刀兒只有刀鞘兒了那賁四在席上終是坐不住去又不好去如坐針氊相似西門慶于是飲畢四鍾酒就輪該賁四擲賁四纔

待拏起骰子來只見來安兒來請賁四叔外邊有人尋你我問他說是窑上人這賁四巴不得要去聽見這一聲一個金蟬脫殼走了西門慶道他去了韓夥計你擲罷韓道國舉起骰兒道小人尊令了說道夫人將棒打紅娘打多少八九十下伯爵道該我唱我不唱罷我也說個笑話兒教書童合席都篩上酒連你爹也篩上聽我這個笑話一個道士師徒二人往人家送疏行到施主門徒弟把縧兒鬆了些垂下來師父說你看那樣個相沒屁股的徒弟回頭答道我沒屁股師父你一日也成不得西門慶罵道你這歪狗材狗口裏吐出什麽象牙來這里飲酒不題且說玳安先到前邊又叫了畫童拏着燈籠來吳大妗子家接李瓶兒瓶兒聽見說家里孩子哭也等不得上拜留下拜

錢就要告辭來家吳大妗二妗子那里肯放好歹等他兩口兒
上了拜見月娘道大妗子你不知道倒教他家去罷家裡沒人
孩子好不尋他哭哩俺每多坐回兒不妨事那吳大妗子纔放
李瓶兒出門玳安丟下畫童和琴童兒兩個隨着轎子跟了先
來家了落後上了拜堂客散時月娘和四位轎子只打着一個
燈籠況是八月二十四日月黑的時分月娘問別的燈在那里
如何只一個棋童道小的原拏了兩個來玳安要了一個和琴
童先跟六娘家去了月娘冷帳更不問就罷了潘金蓮有心便
問棋童你每頭里拏幾個來棋童道小的和琴童拏了兩個來
接娘每落後玳安與畫童又要了一個去把畫童換下和琴童
先跟了六娘去了金蓮道玳安那囚根子他沒拏燈來畫童道

我和他又拏一個燈籠來了金蓮道既是有一個就罷了怎的又問你要這個棋童道我那們說他强着奪去了金蓮便叫吳月娘姐姐你看玳安恁賊獻勤的奴才等到家裡和他答話月娘道奈煩孩子家裡緊等着叫他打了來罷了怎的金蓮道姐姐不是這等說俺便罷了你是個大娘子沒些家法兒晴天還好這等月黑四頂轎子只點着一個燈籠雇那些兒的是說着轎子到門首月娘李嬌兒便往後邊去了金蓮和孟玉樓一答兒下轎進門就問玳安兒在那里平安道在後邊伺候哩剛說着玳安出來被金蓮罵了幾句我把你獻勤的囚根子明日你只認起了单揀着有時運的跟只休要把腳兒錫錫兒有一個燈籠打着罷了信那斜汀世界一般又奪了個來又把小廝也

換了來他一頂轎子倒占了兩個燈籠俺每四頂轎子反打着一個燈籠俺每不是爹的老婆玳安道娘錯怪小的了爹見哥兒哭教小的快打燈籠接你六娘先來家罷恐怕哭壞了哥兒莫不爹不使我我好幹着接去來金蓮道你這囚根子不要說嘴他教你接去沒教你把燈籠都拏了來哥哥你的雀兒只揀旺處飛休要認着了冷灶上着一把兒熱灶上着一把兒纔好俺每天生就是沒時運的來玳安道娘說的什麼話小的但有這心騎馬把脯子骨撞折了金蓮道你這欺心的囚根子不要慌我洗淨眼兒看着你哩說着和玉樓往後邊去了那玳安對着衆人說我精攮氣的營生平白的爹使我接的去教五娘罵了我恁一頓玉樓金蓮二人到儀門首撞見來安兒問你爹在

那里坐着哩來安道爹和應二爹謝爹韓大叔還在捲棚內吃
酒書童哥裝了個唱的在那里唱哩娘每瞧瞧去金蓮拉玉樓
咱瞧瞧去二人同走到捲棚槅子外往裏觀看只見應伯爵在
上坐着把帽兒歪挺着醉的只相線兒提的謝希大醉的把眼
兒通睜不開書童便粧扮在旁邊斟酒唱南曲西門慶悄悄使
琴童兒抹了伯爵一臉粉又拏草圈兒悄悄兒從後邊作戲弄
在他頭上把金蓮和玉樓在外邊忍不住只是笑的不了罵賊
囚根子到明日死了也沒罪了把醜却教他出盡了西門慶聽
見外邊笑使小廝出來問是誰二人纔往後邊去了散時已一
更天氣了西門慶那日往李瓶兒房里睡去了金蓮歸房因問
春梅李瓶兒來家說什麼話來春梅道沒說什麼又問你沒廉

恥貨進他屋裡去來。沒有。春梅道六娘來家爹往他房里還走
了兩遭金蓮道真個是因孩子哭接他來。春梅道孩子後晌好
不怪哭的抱着也哭放下也哭。沒法處。又問書童那奴才穿的
誰的衣服。春梅道先來問我要教。我罵了玳安出去落後和上
房玉簫借了前邊對爹說了。纔使小廝接去金蓮道若是這等
的也罷了。我說又是沒廉恥的貨。三等兒九般使了接去金蓮
道。衣有來。休要與稌稌奴才穿。說畢見西門慶不進來使性兒
關了門睡了。且說應伯爵見賁四管工在庄子上攢錢。明日又
拏銀子。買向五皇親房子。少說也有幾兩銀子背。又行令之間
可可見賁四不防頭。說出這個笑話兒來。伯爵因此錯他這一
錯使他知道。賁四果然害怕。次日封了三兩銀子。親到伯爵家

磕頭伯爵反打張驚兒說道我沒曾在你面上盡得心何故行此事賁門道小人一向缺禮早晚只望二叔在老爹面前扶持一二足感不盡伯爵于是把銀子收了待了一鍾茶打發賁四出門拏銀子到房中與他娘子兒說老兒不發狠婆兒沒布裙賁四這狗啃的我舉保他一場他得了買賣扒自飯碗兒就不用着我了大官人教他在庄子上管工明日又托他拏銀子成向五家庄子一向撰的錢也勾了我昨日在酒席上拏言語錯了他錯兒他慌了不怕他今日不來求我送了我這三兩銀子我且買幾疋布勾孩子每冬衣了正是佷小非君子無毒不丈夫畢竟未知後來何如且聽下回分解正是惹恨閑愁成懊惱始知伶俐不如痴

[illegible]

金瓶梅

第三十六回

翟謙寄書尋女子

蔡狀元畱飲借盤纏

第三十六回

翟謙寄書尋女子　西門慶結交蔡狀元

富川遥望劍江西　一片孤雲對夕暉
有淚應投烟樹斷　無書堪寄雁鱗稀
問安已負三千里　流落空懷十二時
海濶天高都是念　憑誰爲我說歸期

話說次日西門慶早。與夏提刑出郊外。接了新巡按。又到庄上犒勞做活的匠人。至晚來家。有平安進門。就禀今日有東昌府下文書快手。往京裡順便。稍了一封書帕來。說是太師爺府里翟大爹寄來的書與爹。小的接了。交進大娘房裡去了。那人明日午後來討回書。西門慶聽了。走到上房。取書拆開觀看。上面窮養什麼言詞。

京都侍生翟謙頓首書拜。即擢大錦堂西門大人門下。久仰山斗。未接丰標。屢辱厚情。感媿何盡。前蒙馳諭。生銘刻在心。凡百于老爺左右。無不盡力扶持。所有理事。敢托盛价煩瀆。想已爲我處之矣。今因便鴻。薄具帖金十兩奉賀。兼候起居。伏望俯賜回音。生不勝感激之至。外新狀元蔡一泉。乃老爺之假子。奉勅回籍省視。道經貴處。仍望留之一飯。彼亦不敢有忘也。至祝至祝。秋後一日信。

西門慶看畢。只顧咨嗟不已。說道快教小廝叫媒人去。我什麼營生。就忘死了。再想不起來。吳月娘便問什麼勾當。你對我說。西門慶道東京太師老爺府裡翟管家。前日有書來說無子。來央及我這里替他尋個女子。不拘貧富。不限財禮。只要好的。他要圖生長粧奩財禮。該使多少。教我開了寫去。他一封封過銀子來。往後他在老爺面前。一力好扶持我做官。我一向亂着上任七事八事。就把這事忘死了。想不起來。來保他又日逐往舖子里去了。又不題我。今日他老遠的。又教人稍書來。問尋的親事。怎樣的了。又寄了十兩折禮銀子賀我。明日原差人來討回書。你教我怎樣回答他。教他就怪死了。叫了媒人。你分付他好歹上緊替他尋着。不拘大小人家。只要好女兒。或十五六。十七八的也罷。該多少財禮。我這里與他。再不。把李大姐房裡繡春。倒好模樣兒。與他去罷。月娘道。我說你是個火燎腿行貨子。這兩三個月。你早做什麼來。人家央你一塲。替他看個真正女子去。他也好謝你那丫頭。你又收過他。怎好打發去的。你替他當個事幹。他到明日也替你用的力。如今施捏佛。施燒香。急水裡怎麼下得槳。此不的買什麼兒。拏了銀子。到市上就買的來了。一個人家閨門女子。好歹不同。也等教媒人慢慢踏看將來。你到說的好容易自在話兒。西門慶道。明日他來要回書。怎麼回答他。月娘道。虧你還斷事。這些勾當見便不會打發人。等那人明日來。你多與他些盤纏。寫在書上。回覆了他去。只說女子尋下了。只是衣服粧奩未辦。還待幾時完畢。這里差人送去。打發去了。你這里教人替他尋。也不遲。此一舉兩得其便。纔幹出好事來。也是人家托你一塲。西門慶笑道。說的有理。一面叫將陳經濟來。隔夜修了回書。次日下書人來到。西門慶親自出來。問了備細。又問蔡狀元。幾時船到。好預備接他。那人道。小人來時。蔡老爹纔辭朝京中起身。翟爹說。只怕蔡老爹回鄉一時缺少盤纏。煩老爹這里多少只顧借與他。寫書去翟爹那里。如數補還。西門慶道。你多上覆翟爹。隨他要多少。我這里無不奉命。說畢。命陳經濟讓去廂房內。管待酒飯。臨去交割回書。又與了他五兩路費。那人拜謝。歡喜出門。長行去了。正是意急欲搖飛虎路。心忙抨碎紫花鞭。看官聽說。當初安忱取中頭甲。被言官論他。先朝宰相安惇之弟。係黨人子孫。不可以魁多士。徽宗御遷早不得已把蔡蘊擢為第一。做了狀元。投在蔡京門下。做了假子。陞秘書省正事。給假省親。且說月娘家中。使小厮叫了老馮薛嫂兒并別的媒人來。分付各處打聽人家。有好女子。拿帖兒來說不在話下一日西門慶使來保往新河口打聽蔡狀元船隻原來和同榜進士安忱同船這安進士亦因家貧未續親東也不成西也不就辭朝還家續親因此二人同船來到新河口來保拿着西門慶拜帖來到船上見就送了一分嗄程酒麵雞鵝嗄飯鹽醬之類況且蔡狀元在東京翟謙已是預先和他說了清河縣有老爺門下一個西門千戶乃是大巨家富而好禮亦是老爺擡舉見做理刑官你到那里他必然厚待這蔡狀元牢記在心見西門慶差人遠來迎接又餽送如此大禮心中甚喜次日到了就同安進士進城拜西門慶西門慶已是叫廚子家裡預備下酒席因在李知縣衙內吃酒看見有一起蘇州戲子唱的好問書童兒說在南門外磨子營兒那里住旋叫了四

個來答應蔡狀元那日封了一端絹帕一部書一雙雲履安進士亦是書帕二事四袋芽茶四柄杭扇各具宮袍烏紗先投拜帖進去西門慶冠冕迎接至廳上叙禮交拜家童獻畢贄儀然後分賓主而坐先是蔡狀元舉手欠身說道京師翟雲峯甚是稱道賢公閥閱名家清河巨族久仰德望未能識荊今得晉拜堂下爲幸多矣西門慶答道不敢昨日雲峯書來具道二位老先生華輈下臨理當迎接奈公事所羈幸爲寬恕因問二位老先生仙鄉尊號蔡狀元道學生蔡蘊本貫滁州之匡廬人也賤號一泉僥倖狀元官拜秘書正字給假省親得蒙皇上俞允不想雲峯先生稱道盛德拜遲安進士道學生乃浙江錢塘縣人氏賤號鳳山見除工部觀政亦給假還鄉續親敢問賢公尊號

西門慶道在下卑官武職何得號稱詢之再三方言賤號四泉累蒙蔡老爺擡舉雲峯扶持襲錦衣千戶之職見任理刑實爲不稱蔡狀元道賢公抱負不凡雅望素著休得自謙敘畢禮話請去花園捲棚內寬衣蔡狀元辭道學生歸心匆匆行舟在岸就要回去既見尊顏又不遽舍奈何奈何西門慶道蒙二公不棄蝸居伏乞暫駐文旆少留一飯以盡芹獻之情蔡狀元道既是雅情學生領命一面脫去衣服二人坐下左右又換了一道茶上來蔡狀元以目瞻顧西門慶家園池花館花木深秀一望無際心中大喜極口稱羡誇道誠乃勝蓬瀛也于是擡過棋卓來下棋西門慶道今日有兩個戲子在此伺候以供燕賞安進士道在那里何不令來一見不一時四個戲子跪下磕頭蔡狀

元問道那兩個是生旦叫甚名字于是走向前說道小的是裝生的叫苟子孝那一個裝旦的叫周順一個貼旦叫袁琰那一個裝小生的叫胡慥安進士問你每是那里子弟苟子孝道小的都是蘇州人安進士道你等先粧扮了來唱個我每聽四個戲子下邊粧扮去了西門慶令後邊取女衣釵梳與他教書童也粧扮起來共三個旦兩個生在席上先唱香囊記大廳正面設兩席蔡狀元安進士居上西門慶下邊主位相陪飲酒中間唱了一摺下來安進士看見書童兒裝小旦便道這個戲子是那里的西門慶道此是小价書童安進士叫上去賞他酒去說道此子絕妙而無以加矣蔡狀元又叫别的生旦過來亦賞酒與他吃因分付你唱個朝元歌花邊柳邊苟子孝答應在旁拍

手唱道。
花邊柳邊。簷外晴絲捲。山前水前。馬上東風軟。自歎行蹤。有
如蓬轉。盼望家鄉留戀。雁杳魚沉。離愁滿懷誰與傳。日短北
堂萱。空勞魂夢牽。合洛陽遙遠。幾時得上九重金殿。
唱了一箇。吃畢酒。又唱第二個。
十載青燈黃卷。螢窓苦勉旃。雪案費精研。指望榮親。姓揚名
顯。試向文場鏖戰。禮樂三千。英雄五百爭後先。快着祖生鞭
行贍尺五天。合前
安進士。令荀子孝。你每可記的玉環記。恩德浩無邊荀子孝答
道。此是畫眉序。小的記得。
恩德浩無邊。父母重逢感非淺。孝終身托與。又與姻緣風雲

際會異日飛騰鸞鳳配今諧繾綣合料應夫婦非今世前生

玉種藍田。

書童兒把酒斟拍手唱道。

弱質始笄年父母恩深浩如天報無由媿赧此心縈牽鴛鴦配深沐親恩箕箒婦願夫榮顯合前

原來安進士杭州人喜尚南風見書童兒唱的好拉着他手兒兩個一遞一口吃酒良久酒闌上來西門慶陪他復遊花園向捲棚內下棋令小廝拏兩卓盒三十樣都是細巧菓菜鮮物下酒蔡狀元道學生每初會不當深擾潭府天色晚了告辭罷西門慶道豈有此理因問二公此回去還到船上蔡狀元道暫借門外永福佛寺寄居西門慶道如今就門外去也晚了不如先

生把手下從者留下一二人答應餘者都分付回去明日來接麽可兩盡其情蔡狀元道賢公雖是愛客之意其如過擾何當下二人一面分付手下都回門外寺里歇去明日早牽馬來接衆人應諾去了不在話下二人在捲棚內下了兩盤棋子弟唱了兩摺恐天晚西門慶與了賞錢打發去了止是書童一人席前遞酒伏侍看看吃至掌燈二人出來更衣蔡狀元拉西門慶說話此去學生回鄉省親路費缺少西門慶道不勞老先生分付雲峯尊命一定謹領良久讓二人到花園還有一處小亭請看把二人一引轉過粉墻來到藏春塢乃一邊僻靜所雪洞內裡面曉騰騰掌着燈燭小琴卓兒早已陳設綺席菓酌之類床榻依然琴書瀟灑從新復飲書童在旁歌唱蔡狀元問道大官

你會唱紅入仙桃。書童道。此是錦堂月。小的記得蔡狀元道。既
是記的。大官你唱。于是把酒都斟。那書童拏住南腔。拍手唱道。
紅入仙桃。青歸御柳。鶯啼上林春早。簾捲東風。羅襟曉寒。尤
峭。喜仙姑。書付青鸞。念慈母。恩同烏鳥。合風光好。但願人景
長景。醉遊蓬島。
安進士聽了。喜之不勝。向西門慶稱道。此子可敬。將盃中之酒
一吸而飲之。那書童席前穿着翠袖紅裙。勒着銷金箍兒。高擎
玉斝。捧上酒去。又唱道。
難報母氏劬勞。親恩罔極。只願壽比松喬。定省晨昏。連枝上
有兄嫂。喜春風。棠棣聯芳。娛晚景。松栢同操。合前
當日飲至夜分。方纔歇息。西門慶藏春塢。翡翠軒。兩處俱設床

帳鋪陳綾錦被褥就要派書童玳安兩個小廝答應西門慶道了安置回後邊去了到次日蔡狀元安進士跟從人夫轎馬來接西門慶廳上擺飯伺候攢盤酒飯與脚下人吃教兩個小厮方盒捧出禮物蔡狀元是金段一端領絹二端合香五百白金一百兩安進士是色段一端領絹一端合香三百白金三十兩蔡狀元固辭再三說道但假十數金足矣何勞如此太多又蒙厚贖安進士道蔡年兄領受學生不當西門慶笑道些須微贐表情而已老先生榮歸續親在下此意少助一茶之需于是二人俱席上出來謝道此情此德何日忘之一面令家人各收下去入氊包內與西門慶相別說道生輩此去天各一方暫違台教不日旋京倘得寸進自當圖報安進士道今日相別何年再

得。奉接尊顏。西門慶道。學生蝸居。屈尊。多有褻慢。幸惟情恕。本當遠送。奈官守在身。先此告過。送二人到門首。看着上馬而去
正是博得錦衣歸故里。功名方信是男兒。畢竟未知後來何如
且聽下回分解。